JN127034

乙女ゲームは終了しました2

フリオ

ウィンウッド王国の
伯爵家の三男。
学園では騎士科に所属する
武闘派で面倒見がよい。
アレッタのことを
ずっと想っていた。

アレッタ

ウィンウッド王国の
国立学園に通う子爵令嬢。
特殊な家に育ったため、
貴族令嬢らしからぬ戦闘力を持つ。
最近、とある騒動のせいで
それまでの婚約を解消し、
新たに幼馴染の
フリオと婚約した。

レオン

ウィンウッド王国の王太子。
オルタンスとの
婚約話が出ている。

オルタンス

カルメ公国の公爵令嬢。
リゼット共に学園に留学中。

リゼット

隣国カルメ公国の子爵令嬢。
アレッタが通う学園に
留学してきた。

グレゴリー

アレッタの四番目の兄であり、
マデリーンの婚約者。
生真面目で朴訥とした青年。

マデリーン

アレッタの先輩。
本当の意味で誇り高い性格で、
努力する人が好き。

登場人物紹介

目　次

続編がやって来た編　　　　　　　　　7

マデリーンの文化祭デート編　　　　197

愉快なベルクハイツ領編　　　　　　255

続編がやって来た編

プロローグ

　季節は六月の終わり。　日差しが俄かに暑くなり始める中、降り注ぐ光に向かって木々が青々と葉を茂らせ、枝を伸ばす。

　カルメ公国国立学園に通う貴族の子弟達は日差しを嫌い、春頃は人気のあった食堂のテラスは今、閑散としていた。使っているのは、木陰になっている席を使用する男女のグループ一組のみである。

　そんな一組のグループを、ある者は眉を顰め、またある者は悲しげな目で見つめ、多くの人間が困惑と嫉妬、そして失望の思いで彼らを見ていた。

　このグループには、カルメ公国の王子を始めとした高位貴族の子弟が参加している。冷ややかな視線が集まる中、彼らが何をしているかと言えば、一人の女生徒を囲んでの談笑だ。

　ただ話すだけなら、周りの視線がこんなにも冷え込むことはない。問題は、明らかに彼らの距離が、婚約者のいる者の異性に対して保つべき距離を侵していることだ。

　もちろん男達の婚約者やその関係者は苦言を呈し、散々注意している。しかし、それが改善されることはなかった。

　それどころか、注意された少女が悲しげに俯くと、男達は忠告した者を睨みつけ、疎ましがり、

8

自分達の傍から追い払う。

確かに、少女に嫉妬して、醜い感情をぶつける者もいた。けれども、それ以上に少女と男達のことを思って行動した者のほうが多かったのに、彼らは善意悪意を問わずに全てを遠ざけた。故に、彼らの傍に残った者は耳に優しいことを言うだけの無能だ。

そうして、彼らは小さな常春の箱庭を手に入れた。しかし、箱庭の外は極寒の地だ。それに気づくのは、終わりを迎える時だろう。

そんな彼らを学園の生徒達は様々な思いを乗せて見つめている。中でも一番複雑な思いを抱いているのは、男達の婚約者だった。

婚約するにあたって、それなりに努力を重ね交流を持ってきた彼女達は、現状に悲しみ、呆れ、困惑していた。最早、彼らと婚約したままで良いのか、とすら考え始めている。

そんな彼女達は、ある令嬢の一言に惹かれた。

「この状態で無為に時間を過ごすより、婚約などさっさと解消してしまって、いっそあの人達がいない、いえ、目に入らない他国に新たな縁を求めたほうが良い気がします」

少女達は確かにそうかもしれないと頷き、さっさと婚約を解消し、他国への留学を決める。

その中で、山脈を挟んだ北東に位置する隣国に留学を決めたのは、元は王太子の婚約者だった公爵令嬢と、子爵家の令嬢だ。

「——レオン王弟殿下……ね……。どんな方なのかしら……」

移動中の馬車の中で件の少女が呟く。

王太子の婚約者であった公爵令嬢、オルタンス・ルモワールは、彼女が婚約を破棄してからすぐ

さま持ち込まれた隣国ウィンウッド王国の王弟——現在は王太子となったレオン・ウィンウッドと

の婚約を前向きに検討していた。

しかし、自国の王太子である婚約者の裏切りに傷ついている今、返事は慎重にしたい。そのため

にも、ウィンウッド王国への留学を決意したのだ。

そのオルタンスと共にウィンウッド王国へ留学することになったのは、カルメ公国でも有数の資

産家であるフォルジュ子爵家の令嬢、リゼットだった。

「楽しみですね、オルタンス様」

「そうね。確か、貴女はウィンウッド王国に初恋の殿方がいるんだったかしら」

「はい、そうです」

にこにこと嬉しそうに微笑むリゼットに、オルタンスも微笑みを返す。

この時、オルタンスは思いもしなかった。まさか、リゼットがとんでもないことをしでかすなど。

そして、リゼットの脳内が、カルメ公国で己の元婚約者達を誑かした少女とほとんど変わらないこ

となど。

——ガタンッ！

リゼットの唇が小さく動いた時、車輪が小さな石に乗り上げたらしく、馬車が音を立てて揺れた。

「ごめんなさい、リゼット。馬車の音で聞こえなかったわ。なんと言ったのかしら？」

「いえ、たいしたことではないので、気にしないでください」

10

そう？　と小首を傾げたオルタンスだが、この時ちゃんと彼女の言葉を聞いていれば、この先起

こる騒動を少しは予想できたかもしれない。

リゼットは、こう呟いていたのだ。

「良かった、ヒロインを上手く出し抜けて。待ってて、私の運命の人。私がきっと、幸せにしてあ

げるわ」

──ウィンウッド王国に、騒動の種が近づいていた。

第一章

どこまでも晴れ渡る、真っ青な空。地平線の向こうに聳える山脈には厚い雲がかかる。

あれがこちらまで流れてくれば少しは涼しくなるだろうかと、アレッタは照り付ける太陽を恨め

しげに見上げた。

季節は夏。あと五日もすれば八月が終わろうというのに、照り付ける太陽の熱から、まだまだ夏

は続くのだと感じられた。

ウィンウッド王国の辺境貴族ベルクハイツ家の末っ子長女にして、次期当主たる彼女は、飛竜乗

り場でうんざりするような暑さに溜息をつきながら、ギラギラと輝く太陽から目を逸らす。

アレッタの通うウィンウッド王国国立学園は、現在夏休み期間に入っている。

しかし、学園の夏休みは彼女の前世である日本とは違い、二十日間しかない。その代わりに冬休

みが長かった。冬は十二月の末から二月の中頃までお休みで、三学期はない。十二月に卒業式があ

り、二月の半ばから三月の末までにあるのは、成績不振者のための補講である。

冬休みが長いのには色々理由があるが、それは今は脇に置いておこう。今、アレッタにとって重

要なのは、うんざりするほど暑いのに彼女にべったりと張り付く婚約者サマをどう引き剥がすかで

ある。

「フリオ、離れて……。暑い……」

少しばかり、ぐったりした口調でそう言うと、婚約者のフリオは少し不満そうに口を尖らせた。

「なんでだよ。久しぶりに会ったんだから、もう少しくらい堪能させてくれよ」

そう言って、赤毛のイケメンは後ろからアレッタをさらに強く抱き込む。普段であれば、彼女も嬉しいやら恥ずかしいやらで赤面してアタフタする。けれど、冷房を知る現代っ子の記憶がある彼女は、文明の利器がないせいで、前世よりも夏が苦手になっていたのだ。容赦なく「暑い！」と腹に回された腕を引き剥がす。

体格差がある男性を簡単に引き剥がせるのは、ベルクハイツの血のなせる業である。

アレッタが幼馴染のフリオと婚約したのは、夏休みに入る前だ。それまでは別の人間と婚約していた。

その婚約を解消することになったのは、王太子が彼の婚約者だった公爵令嬢のレーヌ・ブルクネイラと婚約破棄すると、学園主催の舞踏会で宣言した事件に端を発する。その際、『悪役令嬢によるザマァ物語』的な展開が起きたのだが、この時に悪役令嬢レーヌに駆け寄ったヒーローが、アレッタの元婚約者のルイス・ノルトラートだったのだ。

その後は、まあ、大変だった。

ルイスは、ベルクハイツ家を継ぐアレッタにと、王族を始めとした中央の高位貴族が太鼓判を押して勧めた男だ。それがレーヌとの浮気である。

ルイスに顔を潰された形になった面々は激怒すると同時に、恐れた。

ウィンウッド王国には、『深魔の森』という魔物の氾濫が頻繁に発生する恐ろしい土地が存在する。そこを治め、その脅威から国を守るのが、アレッタの生家である武の名門ベルクハイツ家だ。

尋常ならざる力を持つ彼の一族なしにはその地を治められないことは、少なくとも貴族なら殆どの者が知っている。ベルクハイツ家にそっぽを向かれ、国を出ていかれれば、ウィンウッド王国は滅亡するしかない。

結局、超多忙のベルクハイツ家当主が出てきて威圧することでこの騒動は収束した。その裏では悪魔と恐れられるベルクハイツ領主夫人が暗躍し、ブルクネイラ家やノルトラート家などから慰謝料をがっぽり搾り取っている。

そしてアレッタは、幼馴染であるフリオ・ブランドン伯爵令息と婚約を結び直したのだ。

「──アレッタぁぁ……」

「いや、無理。本当に、無理。暑いもん」

残念そうに、甘えるようにアレッタの名を呼ぶフリオだが、彼女はその訴えをバッサリと切り落とした。無理なものは、無理なのだ。

彼も夏休みのため、ベルクハイツ領の隣にある実家に帰省していたのだが、学園に一緒に戻ろうとベルクハイツ領に来ていた。

そうやってじゃれ合う仲睦まじいカップルに向けられる周りの視線は、妬ましげなものから微笑ましげなものまで様々だ。

そんな中、微笑ましげな視線を送っていたほうのグループの一人、アレッタの四番目の兄である

グレゴリーが、話しかけてくる。

「アレッタ、手紙の件、頼んだぞ」

「うん、分かったわ、グレゴリー兄様」

少し照れ臭そうに小さく微笑むベルクハイツ家の四男に、彼女はにっこりと笑う。彼の婚約者であるマデリーン・アルベロッソ公爵令嬢は、アレッタがとてもお世話になっている先輩である。二人の婚約は先の婚約破棄騒動から波及した政略的なものなのだが、彼らの仲はとても上手くいっているようだ。何よりである。

「アレッタ」

そうやって話しているところに、母のオリアナに呼ばれた。

「なんですか、お母様」

にこにこと笑うアレッタに、オリアナがクスリと笑いながら告げる。

「新学期にはカルメ公国から留学生が二人来るらしいわ。まあ、貴女より一つ上の二年生だそうなので、そこまで関わらないかもしれないけど……」

そう言って、オリアナはチラリとフリオを見やった。彼はアレッタに気づかれないように小さく頷く。

「他国にはベルクハイツの情報や血を欲しがる者もいるから、気をつけなさい。まあ、貴女を力ずくでどうこうできる者などいないとは思うけど」

確かに、と思いつつも、アレッタは素直に「気をつけます」と返す。

「留学生の一人は現王太子殿下の婚約者候補らしいの。おそらく、何もなければ、この話はそのまま纏まると思うわ。だから、彼女はマデリーンさんと関わることが多くなるでしょう。その時に何かしらの接触があるはずだから、気をつけてね」

マデリーンは高位の貴族令嬢である。そして、未来の王妃様も隣国の高位貴族のご令嬢なのだろう。

少し緊張するが、その留学生に興味がないわけではないので、多少関わりを持つのも悪くない。粗相のないように気をつけよう、とアレッタは頷く。

「できる限り悪印象を持たれないように頑張りますね」

「そうね。まあ、いざとなったら貴女の訓練風景を見せてあげなさい。少なくとも、貴女を敵に回そうとは思わなくなるわ」

そう言ってにっこり嗤う母は、未来の王妃候補にマウントを取る気満々であった。

第二章

ウィンウッド王国国立学園の学生寮は、学期始めの五日前から入寮が開始され、始業式の十日後まで受け付ける。割と期間が長くとられているのは、それぞれが領に帰省していて、交通手段によっては入寮予定日がくるう可能性が高いからだ。

地球の日本ほどに交通機関が発達していれば話は別だが、この世界の主な移動手段は、徒歩、馬、馬車、飛竜である。しかも魔物や盗賊が出るため慎重にならざるを得ず、時間が掛かる。トラブルで数日遅れるなどザラだ。

そんな移動手段の中で最も安全で、速く、確実なのが飛竜だと言われている。そして、特にベルクハイツ領の飛竜は別格とされていた。

何故、別格なのか。それは、他所の飛竜とベルクハイツ領の飛竜の顔つきを比べれば、一目瞭然だ。

「うちの飛竜は顔が厳ついよね……」

「そうだなぁ……。別に、他所の飛竜が可愛い顔をしている、ってわけじゃないんだが、ベルクハイツ領の飛竜の顔は輪をかけて厳ついな」

アレッタとフリオは、王都の飛竜乗り場でベルクハイツ領と他領の飛竜の顔を見比べながら、首

18

を傾げていた。

「まあ、少なくとも、他所の飛竜とは肝の据わり方が違うだろう。主人の乗り物の座をかけて、ブラックドラゴンに喧嘩を売るなんざ、ベルクハイツ領の飛竜くらいだぞ」

「あー……、確かに……」

フリオの言う乗り物タイトルマッチは、ベルクハイツ領の領主であり、アレッタの父であるアウグストが、王都の近くで発見されたブラックドラゴンを自領にお持ち帰りした際に乗り物として利用したことで起こった。アウグストを主人と仰ぐ飛竜が嫉妬し、ブラックドラゴンに喧嘩を売ったのだ。

「けど、結局種族の壁を越えられずに、ブラックドラゴンに負けちゃって……」

「いや、だけどブラックドラゴンをドン引きさせて、最後には泣かせてたじゃねーか。あれは、ブラックドラゴンは試合に勝って勝負に負けてたぞ」

それ以降、ブラックドラゴンは件の飛竜に苦手意識を持ったのか、その飛竜の前では逃げ腰であ

る。ベルクハイツ領の魔境ぶりがうかがえる一幕であった。

そんな他所の人間が聞けば目を剥くような話をしていると、馬車の用意ができたと従者から声をかけられる。二人はその場を後にした。

その数分後。飛竜乗り場に一頭の飛竜が舞い下りる。

降りてきたのは、貴族の令嬢と思しき二人と、彼女達の召使と分かる数名の男女だ。

「はぁ……。ようやく着きましたわね」

「そうですね。飛竜に乗るのって初めてでしたから、緊張しちゃいました」

溜息をついたのは、金の巻き毛の美少女。吊り気味の青い目のせいか、気が強そうな印象を受けるが、疲れているのかその眉がへにょりと下がり、今は可愛らしくすら見えた。

そして、ほっとして肩から力を抜いたのは、サーモンピンクの髪色をした美少女。彼女は緑色の瞳をきょろきょろと動かし、ソワソワと落ち着きなく辺りを見回している。

見目の良い二人は、周囲の視線を集めていた。この二人こそ、カルメ公国から来た、うち一人は王太子レオンの婚約者候補である。

王太子の婚約者候補であるのは、金の巻き毛の少女、オルタンス・ルモワール公爵令嬢のほうだ。

彼女はカルメ公国の王太子の婚約者であったが、その王太子が堕落したため婚約破棄し、次の婚約者候補のいるウィンウッド王国へやってきたのだ。

サーモンピンクの髪色の少女は、カルメ公国でも有数の資産家であるフォルジュ子爵家の末娘、リゼット。彼女もまた、己の婚約者の不貞により婚約を破棄していた。

そんな二人には、王宮から迎えが来ていた。王太子の婚約者候補であるオルタンスを意識しての待遇である。

二人は迎えに対し礼を言い、王家の豪奢な馬車で王宮へ向かったのであった。

第三章

　九月になったとはいえ、まだまだ残暑が厳しい中、学園の二学期がついに始まった。

　アレッタは二日前に入寮したが、先輩であり、兄の婚約者であるマデリーンは昨日帰ってきたばかりだ。そのためアレッタは、グレゴリーの手紙を未だマデリーンに渡せていない。

　アレッタはマデリーンの教室に手紙を渡すべく、休み時間を利用して二年生の教室へ向かった。

　しかし、マデリーンの教室の前まで来て、目を丸くする。何故なら、教室の出入り口付近で、入れ代わり立ち代わり生徒達がチラチラと教室内を覗いていくのだ。野次馬と見てまず間違いない。

　品位を大事にする貴族だらけの学園において、この光景はとても珍しいものだ。

　何か特別なものでもあるのかなと思いつつ、アレッタは丁度教室から出てきた生徒に声をかける。

「あの、すみません。マデリーン様は教室にいらっしゃるでしょうか?」

「え?　ああ、貴女、マデリーン様とよく一緒にいる……。いるはずよ。ちょっと待ってて」

　声をかけた女生徒は、教室内に再び入っていった。

　教室の入り口から少し人が減ったので、アレッタも教室内を覗いてみる。中では複数の生徒達が見知らぬ金髪の女生徒とマデリーンを囲んで談笑していた。

　もしや、あの人が母が言っていた留学生のうちの一人だろうか。首を傾げていると、マデリーン

を呼びに行ってくれた女生徒が彼女に話しかけ、二人の視線がこちらを向く。

マデリーンは周りの人間に断ってからアレッタのほうへ来る。

女生徒に礼を言い、アレッタはマデリーンに向き直った。

「すみません、マデリーン様。お話をしていらしたのに……」

「いいえ、大丈夫よ。それで、何かご用かしら?」

マデリーンは絹糸のような美しい銀の髪を持つ、一見冷たそうな顔立ちの美人だ。しかし、身内扱いをする者には、柔らかく微笑む。

こんな美人が嫁とか兄は果報者だと思いながら、アレッタは用件を切り出した。

「グレゴリー兄様から手紙を預かってきたのです。学期始めは忙しくなるかと思いますので、今の内に渡しておこうと思いまして」

「まあ!」

使用人に頼むと検閲が入るので、直接渡したかったのだ。これは恋文の類だろうと簡単に予想できたため、アレッタはマデリーン本人が手紙の封を開けられる方法をとった。

「ありがとう、アレッタ。とても嬉しいわ」

そんな気遣いに察しの良いマデリーンは気づいたらしく、渡された手紙を胸元に大事そうに抱えて嬉しげに微笑んだ。

その後、昼食を一緒にとる約束をし、アレッタはその場を後にした。

＊＊＊

そして、午前の授業が終わり、昼休みになった。

マデリーンとの約束があるため、アレッタは待ち合わせ場所である食堂へ行く。テーブルには、マデリーンの他に、休み時間に生徒達に囲まれていた金の巻き毛が美しい女生徒がいる。

「マデリーン様、お待たせしました」

そのテーブルに近づくと、マデリーンが微笑んで席に座るよう促した。

チラ、とアレッタは女生徒へ視線を向ける。目が合い、彼女はアレッタへ笑顔を向けてきた。

マデリーンがアレッタにその女生徒を紹介する。

「アレッタ、こちらカルメ公国からいらしたオルタンス・ルモワール公爵令嬢よ。今学期から私と同じクラスで学ぶことになったの」

マデリーンの紹介に、オルタンスは「よろしく」と言って淑やかに微笑んだ。

「オルタンス様、この子はアレッタ・ベルクハイツ子爵令嬢。私の婚約者のグレゴリー様の妹なの」

「えっ」

小さく、驚いたような声が聞こえたが、アレッタは聞こえなかったふりをして、にこやかに「よろしくお願いいたします」と会釈する。

「あの、ごめんなさい。ベルクハイツって、あのベルクハイツ家の？」

「ええ、そのベルクハイツ家よ」

あの、とは何だろうか。

オルタンスはマデリーンに質問を肯定され、まるで珍獣でも見るかの如くまじまじとアレッタを見て、感心するかのような溜息をついた。

「カルメ公国でもベルクハイツ家は有名なのよ。ウィンウッド王国の最も重要な生命線を担う一族だって」

確かに、ベルクハイツ家は『深魔の森』を抑え込むことに成功した一族である。しかも、その身の尋常ならざる力をもっての偉業、他国から注目が集まるのも当然だ。

オルタンスの興味津々、といった視線も仕方がない。

「ふふ。しかも、この子が次期当主なのよ」

「ええっ!?」

マデリーンの言葉に、オルタンスが驚きの声を上げた。

「え、だって、お兄様がいらっしゃる……のよね?」

オルタンスの確認するかのような質問に対し、アレッタは頷く。

「四人兄がいます」

「ええ? あの、失礼ですけど、お兄様方はご健在……なのかしら?」

「元気が有り余ってます、と答えると、ますます分からないという顔をされた。

どの国でも――少なくともこの国を含む周辺国では、基本的に長男が家を継ぐものだ。しかし、

ベルクハイツ家の跡継ぎ事情は、『深魔の森』をなるべく長く抑えることを重視しているため、決め方が特殊だった。

「ベルクハイツ家の当主には、兄弟の中で最も初代の血が濃い者が就きます」

もっと詳しく言うなら、初代の血を最も後代にまで繋げられる者が当主となるのだ。因みに、アレッタは五代先までは確実に繋げられるだろう、と言われている。アウグストが二代先までだったので、このアレッタの血の濃さは一族に大きな安堵をもたらした。

「ベルクハイツにとって最も重要なのが、『深魔の森』を抑えることなので、力重視になるんです。だから、年功序列にはしません」

「まあ、そうなの……」

オルタンスは感心しているが、ベルクハイツ家の兄達を見たら目を剥くに違いない。アレッタが次期当主ということは、その厳つい兄達よりも彼女の力が上だということなのだから。

「あの……ベルクハイツ家の武勇はカルメ公国でも有名で、つい最近ブラックドラゴンを領地に連れ帰ったと聞いたのだけど、本当なの？」

そう問われ、アレッタは思わず遠い目をする。

ブラックドラゴンは魔物の中でも上位種であるのに、ベルクハイツ領では少々肩身が狭そうに暮らしている。全ては、ベルクハイツ領の型破りな飛竜達のせいだ。

とりあえず、オルタンスの質問には本当だと答えておいた。

「まあ、なんて凄いのかしら……。飛竜ならまだしも、ドラゴンに騎乗できるだなんて……」

ドラゴンは本来とても気性が荒く、とてもではないが人間の言うことなど聞かない。しかし、た

だ一点、言うことを聞かせる方法がある。

「ドラゴンは他の魔物より頭が良いですから。それが厄介な点でもありますが、どちらが上であり、

捕食者であるか、徹底的に叩き込めば言うことを聞きます」

「そ、そう……」

ごく普通の令嬢にしか見えないアレッタの弱肉強食発言に、オルタンスは言葉を詰まらせた。

その後、係りの者が昼食の配膳に来たため、話は一時ストップする。配膳が終わると、話題は違

うものに移った。

「――カルメ公国からの留学生はもう一人いると聞きましたけど、お知り合いですか?」

マデリーンの問いに、オルタンスはにこやかに答える。

「ええ、もちろん知っていますわ。リゼット・フォルジュ子爵令嬢ね。フォルジュ子爵家はカルメ

公国でも有数の資産家で、そこの末娘になるの。なんでも、この国に会いたい人がいるらしくて、

留学を決めたんですって」

「まあ。会いたい人?」

「どんな方なんでしょう?」

アレッタとマデリーンは恋の気配を感じ、下品にならない程度に分かりやすく興味を示す。オル

タンスはにっこりと微笑んで口を開いた。

「ふふ。――ところで、ウィンウッド王国では最近、数組の婚約者達が婚約を破棄し、それに伴う

騒ぎが原因で前王太子殿下と貴族の子息達がその座を追われたと聞きました」

突然の話題転換に、マデリーンとアレッタは戸惑い、顔を見合わせる。その騒動のあおりを受け

たのが、まさに自分達だったからだ。

その情報を公爵令嬢であり、現王太子の婚約者候補であるオルタンスが知らないとは思えない。

だが、喧嘩を売っているようにも見えず、困惑気味に騒ぎがあったことを肯定すると、オルタンス

は一つ頷き、話し出した。

「その騒動は、ある男爵令嬢に入れ込んだ子息達が起こした冤罪による断罪劇だと聞きました。そ

れで、お恥ずかしい話ですが、我がカルメ公国でも似たようなことが起きていますの」

「えっ」

ぎょっとする二人に、オルタンスは困ったわ、と言わんばかりに優雅に小首を傾げ、溜息をつく。

「祖国では、王太子殿下を筆頭に数名の高位貴族の令息達がある男爵令嬢に熱をあげてしまってい

て、私達の諫言をちっとも聞いていただけませんの。もうついていけないと思いまして、私を含む

彼の方達と婚約していた令嬢達は婚約を解消し、留学を決意しました」

そして今に至るのだ、と軽く告白するオルタンスだが、この話ははっきり言って国の恥部だ。何

せ、ウィンウッド王国の元王太子の転落に関する顛末はあまりにもお粗末で、笑い話にもならない

と国中の貴族達が頭を抱えている。

そんな話をしてしまっていいのか、とアレッタが悩んでいるのに、オルタンスは優雅に微笑んだ。

「お陰で王家の名に傷をつけたと側室腹の兄王子殿下が激怒なさって、それはもう飛ぶ鳥を落とす

勢いで王太子殿下を蹴落とさんと動いてらっしゃるのに、この情報が王太子殿下の耳に入っていないことですわね」

にこやかなオルタンスに、アレッタもマデリーンもある可能性に気づく。

もしやカルメ公国の国王やその周りは、そもそも、その兄王子に王位を継がせたかったのではないか。そうであるなら、王にとってこの騒動は降って湧いた幸運だ。実際、国の恥部を話したにしては、オルタンスに余裕がありすぎた。

なるほど、カルメ公国の国王はなかなか有能なようだ。そう思いつつも、そこまで徹底的に叩き潰されたら、その王太子は自ら命を絶ちたくなるほど打ちのめされるだろうなとも、アレッタは考える。心なしか、オルタンスの笑顔が少し怖い。

ウィンウッド王国の元王太子であるアランもまた、やらかした王子である。自らの婚約者に偽りの罪を着せ、己の良いように事を運ぼうとして失敗し、その座を追われた。最低野郎であり、国王は見事に子育てを失敗したことになる。それでもアラン元王太子は、自らベルクハイツ領行きを希望する程度には根性があった。

よくぞ言ったとベルクハイツの戦士達はアランの希望に応え、必ずや一人前の戦士にしてやろうと誓ったのだ。まさかアランがベルクハイツ領の力を甘く見ており、自らの力をうぬぼれての志願とは知らぬが故である。そして、それを知るベルクハイツ夫人——悪魔がわざわざ周囲に訂正するはずがない。

アレッタもまた、自国の元王太子の決意に感心し、特訓メニュー作りに参加した。『鬼軍曹によ

28

る訓練メニュー〜ベルクハイツを添えて〜』というタイトルの、『地獄への招待状』と密かに呼ばれている渾身のメニューだ。それは、アランの逃亡不可能なデッドオアアライブ生活が決まった瞬間でもある。

自国の廃太子を地獄へ突き落とす計画に善意で一枚噛んだアレッタは、良い為政者を育てるのって大変なんだなあ、と遠い目をした。

そんな彼女を横目に、マデリーンのほうは少し困惑した表情でオルタンスに口を開く。

「そのようなことをおっしゃってもよろしいの?」

外に広めないほうが良いのでは?」

いくら国の上層部が王太子交代を望んでいるとしても、そういったことは伏せておくべきだ。マデリーンとしては、何を思って彼女がそれを言ったのか、真意を知りたかったらしい。

「大丈夫ですわ。王太子殿下の後ろ盾が厄介なので、再起不能なまでに評判を落としておきたいのです」

にっこり笑って告げられた明け透けな言葉にアレッタは固まり、マデリーンは困ったような顔をする裏でなるほどと納得した。

余裕のある笑みを浮かべるオルタンスに、アレッタは少し不安になる。

おそらくオルタンスは彼女の元婚約者である王太子を嫌っているのだろう。何せ、この学園でも似た事件が起きたのだ。リサに惚れた男達の婚約者は一様にあきれ果て、彼らとバッサリ縁を切っている。その一人であるマデリーンの傍にいたアレッタには、オルタンスの抱く感情は想像しや

すい。

しかし、マデリーンとオルタンスでは一つ違うところがある。マデリーンは元婚約者であるシルヴァンを冷たい目で見ることはあっても、必要以上に嬲（なぶ）るような真似はしなかった。一方、オルタンスの場合は、もしかすると可愛さ余って憎さ百倍なのかもしれないが、敵には容赦しないスタンスなのだと分かる。

もし彼女がウィンウッド王国のレオン王太子と結ばれて王太子妃となった時、ベルクハイツと敵対しそうなら、彼女が動く前に叩き潰さねばならない。アレッタは割と物騒な思考でそう考えていた。

ベルクハイツは基本、弱肉強食である。普段は文明人であっても、いざとなれば身分など張りぼてよと叩き潰す脳筋が本性だ。敵対行動を取った日が命日となる。

そんな物騒な決意を、目の前の一見普通の令嬢がしているとは思わないだろう、オルタンスがにこやかに話す。

「それで、話を戻しますけれど、私と一緒に留学してきたリゼットの会いたい人というのは、彼女の初恋の人らしいの」

「まあ！」

「そうなんですか？」

オルタンスのその言葉に、今までの話がリゼットの『会いたい人』に関する前振りだったのだと知った。婚約者に傷つけられたが故に、リゼットは初恋の人に会いたかったのだと印象付けたかっ

30

たのだろう。決して、不貞ではないのだと。

まあ、その印象付けの言葉がなかなか過激だったが。

「初恋の方って、どんな男性なのかしら?」

「それが、名前は教えてもらえなかったのです。けれど、一途な方なのですって。その方が愛する人には既に婚約者がいて、それでも一途にその方を愛しているのだとか」

「それは……、なかなか難しい方ですね……」

初恋というからには、それなりに昔の話だと思われる。ひょっとすると、リゼットの初恋の人は件の『愛する人』を諦めて、既に他の婚約者、または伴侶を作っているかもしれない。

「そうね。ですが、私は彼女の恋が成就すれば良いと思っているのよ」

そう言って寂しそうに微笑むオルタンス。アレッタは彼女が元婚約者である王太子を愛していたのだと察した。自らの手で愛していたはずの人を叩き潰そうと思うくらいに、愛していたのだと。

＊＊＊

オルタンスと昼食を共にした翌日。

アレッタはいつも通り朝の鍛錬をすべく鍛錬場へ向かっていた。

既に何人かの騎士候補生がそこにおり、それぞれが汗を流している。

普通、ここを使用するのは騎士科の学生のみだ。しかし、次期領主でもあるアレッタが所属して

いる科は普通科。一学年時は他の生徒と同じ内容を普通科で学び、二学年の時に領主候補生には特別カリキュラムが追加されるのだ。故に、アレッタや歴代のベルクハイツ家当主は、特別に鍛錬場の使用を許されていた。

「アレッタ！」

「あ、おはよう、フリオ」

「ああ、おはよう」

アレッタが準備運動をしていると、フリオがやってきた。

彼が籍を置くのは騎士科ではあるが、普通科のアレッタの勉強をしれっとした顔で教えられるあたり、彼の頭には普通科の、もしくはそれ以上の知識が入っている。しかし、アレッタも二つ年上であり、騎士科所属のフリオの剣の振り方や身のこなしにダメ出しをするのだから、まあ、そういうものなのだろう。

二人は共に鍛錬し、シャワーを浴びるためにその場を後にした。

アレッタがシャワーを浴び、急いで着替えて外に出ると、待っていたフリオが、ニッと笑って手招きする。

「やっぱり生乾きだな。ほら、乾かしてやるから、後ろ向きな」

「うぅ……」

正式に婚約してからというもの、フリオは何かとアレッタを構いたがる。

いや、元から世話焼き気質なのかな、と思わせる構いぶりだったのだが、婚約してからはそれに

32

遠慮がなくなったのだ。

いつだったか、人目を気にしなくて済むようになった、というフリオの呟きを聞いて、アレッタは彼の気遣いらしきものに気づいた。まあ、婚約者のいる女に対し、あの構い方はどうだったんだ、と一瞬脳裏に過ったが、それには気づかないふりをしている。今の婚約者はフリオなので問題ない。

髪を乾かしてもらい、二人で食堂へ向かう。

鍛錬前に牛乳と果物を軽く食べているが、当然それだけではお腹が空く。二人共、鍛錬後にがっつり朝食を食べるのだ。

そうして食堂へ向かう途中、サーモンピンク色の髪をした女生徒が目に入った。

その珍しい髪色に見覚えがないことから、アレッタは、彼女が例の留学生の片割れかな、と見当をつけてフリオに話しかける。

「ねえ、フリオ。もしかして、あの人、留学生の人かな?」

「ん? ああ、そうだぜ。確か、あれは子爵家の令嬢のほうだな」

どうやら、彼は既に情報を仕入れていたらしい。

「確か、『初恋の人』とやらに会いに来たんだろ?」

「えっ、フリオ、どうして知ってるの?」

オルタンスから聞いた情報を出され驚くアレッタに、フリオは呆れたように肩を竦めて告げる。

「食堂なんかで話すほうが悪い。あんな場所で話されたら、広められても仕方がないぜ?」

そして、フリーの令嬢にとって広められても困る内容ではないかもしれないが、と付け足した。

「まあ、オルタンス嬢としては広めるのが目的かもな、と概ね好意的だったぞ。相手によっては、周りが手助けしてくれる可能性があるしな」

その手のことが好きな令嬢もいるからな、と彼は言い、食堂の席に着く。すぐさま給仕が来て、盛り付けられた朝食が提供された。今日の朝食はスクランブルエッグとベーコン、トマトサラダ、コンソメスープに、マッシュポテトと白パンである。

そうして朝食をとっていると、フリオに一人の令嬢が近寄ってきた。

「あの、こちらの席、よろしいでしょうか？」

おずおずとそう尋ねたのは、先程のサーモンピンクの髪色をした留学生だ。

噂の人物がちょうど目の前に現れたことに少し驚きつつも、アレッタはフリオと目配せし合い、

どうぞ、と席を勧めた。

アレッタ達が座る席は長方形の長机であり、彼女はフリオと向かい合って座っている。隣に見知らぬ誰かが座るのは普通だが、令嬢が一人で男子生徒の隣に座ろうとするのは珍しかった。

国の違いなのだろうかと思いつつも、それは違うと心の奥底で否定の声が上がる。そして、女の勘が囁いた――

「――あのう、失礼ですが、フリオ・ブランドン様でいらっしゃいますか？」

「そうだが……」

――この女、フリオ狙いである、と。

口元に浮かべた微笑みはそのままに、アレッタは目をすっと細める。それを見たフリオは、婚約

34

者が戦闘モードに移行したことに気づき、内心慌てた。嫉妬と取れる反応は嬉しいが、その先に起きるのは、ドラゴンの宝を目の前で奪った人間の末路と同じ惨劇である。死にはしなくとも、恐ろしい事態になるのは、傾国と謳われるオリアナを娶った現ベルクハイツ子爵が証明している。これは血筋なのだ。

この留学生の顔を変形させるわけにはいかない。フリオはさっさと朝食をすませてこの場を去るのが賢明だと判断し、食事のスピードを上げた。

「あの、私、今学期からこちらの学園で学ぶことになりましたカルメ公国のリゼット・フォルジュと申します」

「……そうですか」

「フリオ様は三年生なのですよね？　私は二年生なんですけど、気をつけたほうが良いカリキュラムとかありますか？」

「……さあ？　私は騎士科ですので、お答えしかねます」

リゼットの質問には答えるが、フリオの纏う空気は明らかに迷惑だと告げている。それなのに、そんな彼の態度にもめげず、果敢にリゼットは話しかけていた。──フリオの対面の席で、じわじわと殺気に似た気配を放ち始めたアレッタには、気づいていない。

ある種の緊張状態を形成し始めた食堂の一角に、じわじわと視線が集まる。特に騎士科の人間の目が多いのは、アレッタの放つ気配に敏いせいだろう。彼らは留学生と思しき女生徒がベルクハイツの婚約者に粉をかけている光景を二度見して、マジかよと、その女生徒の正気を疑った。

女同士の諍いに男がしゃしゃり出るものではないと言い訳をして、騎士科の男子生徒達は見て見ぬふりをする。女生徒達は本人が決着をつけるべきと目を逸らした。

大丈夫だ、万が一、手が出るとしても頬を張る程度になるだろう。――留学生の頬骨が砕ける可能性はあるが……。

巻き込まれまいと生徒達がじりじりと後退していく中、フリオはさっさと朝食を食べ終えて席を立った。

「フリオ様、あの……」

「失礼、食べ終わりましたので、この辺で――アレッタ」

彼に呼ばれ、まだ朝食を完食していなかったアレッタも、席を立つ。

「行くぞ、アレッタ」

「ええ、フリオ」

フリオに手を差し出され、エスコートされながら彼女は食堂を出た。後には、緊張状態から解放されて弛緩した空気と、アレッタの背を困惑と嫉妬を混ぜた目で見つめるリゼットが残される。

「何、あのモブ……」

そんな彼女の不満げな呟きは食堂の騒めきの中に掻き消され、誰かの耳に届くことはない。

食堂は緊張状態から解放されたものの、その原因の一人は未だに食堂に残っている。興味と警戒を含んだ視線がリゼットに集まっていた。

しかし、周囲の目を気にしていないのか、それとも気づいてすらいないのか、彼女はただひたす

ら己の欲望を胸にたぎらせる。

「どうにかヒロインを出し抜けたんだもの。必ずフリオを攻略してみせるんだから……！」

その表情は、ほんの少し前までこの学園にいた少女や、カルメ公国の学園に今も居座る少女によく似ていた。

＊＊＊

食堂での一件から一週間。

その噂は、静かに、けれど恐ろしい速さで広まり、リゼットは孤立していた。

別にいじめられているわけではないのだが、全生徒に見えない壁を作られ、深い関わりを持つことを拒否されているのである。

これは、彼女が粉をかけた相手がベルクハイツの婚約者であったことも大きいのだが、その後の行動が悪かったせいだ。

それは、ある親切な令嬢の忠告から始まった。

「あの、リゼット様。ブランドン先輩に対して、少し距離が近く感じました。我が国では少々感心しない態度です。ブランドン先輩には婚約者がいらっしゃいますので、もう少し遠慮されたほうがいいかと思います」

それは、令嬢の優しさから出た言葉だ。知らずにフリオに粉をかけ、ベルクハイツに睨まれたら

可哀想だと心配したのだ。

そうして、お国が違うから仕方ないかもしれないけど、もう少し距離を置きましょうね、と割と
やんわりと注意した。それに対するリゼットの返しが眉を顰めるものだったのだ。

「え？　婚約者？　何それ、設定と違うじゃない！」

言っている意味が分からず、令嬢は困惑する。彼女が首を傾げているのにも構わず、リゼットは
ブツブツと呟く。

「もしかして、設定がくるってる？　なんで——そうよ、そうだわ。あのヒロインもそうだったん
だもの、私以外にも転生者がいるのかもしれない……！」

内容は聞き取れないものの、リゼットのその姿は不気味だ。令嬢は少し引き気味にそれを見てい
たが、それでも勇気を出して言葉を重ねた。

「あの、ブランドン先輩の婚約者であられるアレッタ様のお家は、この国にとって重要なお家でい
らっしゃいます。ですので、淑女として適切な距離を——」

「まあ！　では、権力でフリオ様と無理やり婚約したのですね!?」

リゼットの言葉に、令嬢はぎょっとして目を丸くする。まさか、自分の言葉でそんな結論に着地
するとは思わなかったのだ。

「えっ、ち、違います！　ちゃんと両家が合意し、喜びをもって迎えられた正式な婚約です！　こ
の婚約にベルクハイツ家が権力を使ったなど、聞いたこともありません！」

令嬢は慌てて否定するが、リゼットは無視して納得したように頷く。

38

「そう、そうなんだわ。だって、フリオは初恋の人を忘れられない一途なキャラだもの。無理やりでもない限り、婚約者ができるはずないし」

そう言って、再び己の考えに没頭するようにブツブツと呟き出した。

「前作の王太子や他のキャラ達が『ざまぁ』されてるみたいだし、絶対に転生者がいるわね。そこから設定がくるって、彼に婚約者ができたんだわ。そうなると、悪役令嬢が転生者かしら？　一応、彼女を探ったほうが良さそうね。邪魔されたら堪らないもの」

令嬢の言葉は届かず、独り言を言う様子に周囲の生徒も寒気を覚える。一方、令嬢はリゼットに己の言葉を聞く気がないのだと察し、気力がごっそり削られるのを感じた。

この脱力感には覚えがある。先頃までこの学園にいた、男爵令嬢と話している時に感じたのと同種のものだ。あの、何を言っても聞く耳を持たず、忠告をただの嫉妬として片付ける話の通じなさ。

それが、目の前にいるリゼットとそっくりだったのだ。

嫌な予感がした令嬢は、リゼットから距離をとり、最後に婚約者がいる男性に近づくのは感心しませんよ、とやんわり告げて、さっさとその場を後にした。

そして、その令嬢の嫌な予感は見事に的中する。

「フリオ様！　あの、よろしければ昼食をご一緒に——」

「すみません、約束がありますので」

リゼットが、フリオに付き纏い始めたのだ。

「フリオ様～！　勉強を教え——」

「すみません、科が違いますので分かりかねます」

「フリオ様！　私、フィナンシェを作ってき――」

「ああ、魔物は雑食ですから。誘き出すにはちょうど良さそうですね。騎士科の教諭に渡してみてはいかがですか？」

しかも、明らかに避けられ、最近ではかなり辛辣な対応をされている。それでも近寄っていくのだから、リゼットは随分と図太い神経をお持ちだと生徒達は噂した。

そんなふうに、彼女は一週間で学園中の生徒達から距離を置かれることになる。

普通であれば、お節介な誰かが何度も忠告してくれるのだろうが、生憎この学園は普通の状態ではない。何せ、とある女生徒が、つい最近まで学園の平穏を引っ掻き回したばかりだ。その女生徒を彷彿とさせる人物に、好き好んで近づく人間はいない。

何より、相手が悪かった。よりにもよって、あのベルクハイツの婚約者である。先頃某公爵令嬢とベルクハイツの元婚約者が浮気し、現子爵が王都に乗り込んできたのは記憶に新しい。あの、王都の上空を舞うブラックドラゴンの姿も――

生物の本能が悲鳴を上げるあの存在は、王都中の人間の脳裏に焼き付いて離れない。あんな恐るべき魔物に騎乗できる人間が率いる一族の不興を生徒達は間違っても買いたくないのだ。

これがアレッタに非があるならば、勇気を振り絞る者もいたかもしれないが、今回の件は明らかにリゼットが悪い。周囲が距離を置くのも仕方のないことだ。

そんなリゼットに今でも注意をしてくれるのは、生国を同じくするオルタンスだけだった。

40

「リゼット、貴女、フリオ・ブランドン様に付き纏っていると噂になっているわよ？　あの方には婚約者がいるのだから、淑女として適切な行動を心掛けるべきだわ」

これは、最初に忠告した令嬢と同じく、オルタンスの優しさだ。

令嬢は国が違うからかもしれないがと考えていたが、カルメ公国でも男女の適切な距離はウィンウッド王国と同じである。婚約者がいる男性に必要以上に近づくのは、当然良くないことだ。

リゼットの行動から、彼女の『初恋の人』がフリオだとオルタンスは察したが、婚約者がいるのならば不用意な行動はすべきではないと判断する。そして、不用意に彼女の初恋を応援し、それを広めてしまったことを後悔していた。まさか、リゼットが既に婚約者がいる男性に積極的に絡み、付き纏うとは——そう、自国の学園にいた、オルタンスの婚約者を堕落させた少女と同じような行動をとるなど、夢にも思わなかったのだ。

「もう、オルタンス様までそんなことを言うんですか？　私、フリオ様はもっと自由にしても良いと思うんです。権力で無理やり婚約するだなんて、間違ってます！」

それは、いつかの焼き増しのようなセリフだった。

——オルタンス様、どうか殿下を解放してあげてください！　望まぬ婚姻なんて、間違っています！

そんな言葉が、オルタンスの脳裏を過る。

彼女は思わず顔を歪めた。

リゼットは、あの少女によって婚約者を奪われた、いわば同胞、同じ被害者であったはずだ。し

かし今は、どうだ。彼女は、あの少女と同じことを言っているではないか。

「……リゼット、貴女、自分が何を言っているのか分かっているの？」

苦々しい表情でそう問うものの、リゼットは変わらぬ調子で胸を張って言う。

「はい、もちろんです！　私が必ず、あの方を解放してみせます！」

話が通じない。

かつて味わった苛立ちが胸に渦巻く。

あの少女もそうだった。貴族の義務、王太子が公爵家の令嬢と婚約する必要性、全てを丁寧に教えた。しかし、あの少女は、そんなのは言い訳だ、本当は王妃の地位が欲しいだけなのだろうなどと決めつけ、オルタンスを責め立てた。

思い出すだけで、腸が煮え返る思いだ。厳しい王妃教育に、どれだけの忍耐が必要だったと思っているのだろう。

オルタンスは、それを王太子への恋心で乗り切った。その想いを、何故あんな女に否定されなければならないのか。

あの少女に、今のリゼットはそっくりだった。

憎悪で自分ごと全てを焼いてしまう前に王太子を捨てて国を離れたというのに、今、同種の女をこの目に入れている。

オルタンスは気を落ち着かせるために深く一つ呼吸し、告げた。

「リゼット、一つ言っておくわ。貴女がもし、カルメ公国に不利益をもたらすようなことをすれば、

42

「私は貴女を止めなくてはならないわ」

「オルタンス様、そんな心配は――」

「いいから聞きなさい、リゼット」

オルタンスの言葉に、リゼットは笑みを浮かべて心配いらないと告げようとする。オルタンスはそれを遮って、真剣な口調で言った。

「よく心に留めておきなさい。私はカルメ公国の筆頭公爵家、ルモワール公爵令嬢として、カルメ公国の利となる存在でなくてはならない。そして、それは貴族の血が流れる貴女もなのよ、リゼット」

諭すようにそう言ったが、リゼットは真面目に聞いているように見えて、内心では面倒だと思っているのが透けて見えた。

「その義務に反する行動を取るなら、それ相応の対応を取らざるを得ないわ。いいこと、繰り返して言うわよ。私に、貴女を止めさせるような行動を取らせないでちょうだい」

オルタンスの願い交じりの忠告を、リゼットは素直に頷いて受け入れた。しかし、その様子はあまりにも軽い。

この忠告は軽く受け止めてはならないものだ。何故なら、この『止める』という行為は、最悪命を奪う、と同義である。

流石に、そこまで取り返しのつかないことを仕出かす前に、本国へ強制送還するつもりではあるが、場合によってはその手段を取らねばならない。

話し合いを終え、リゼットが退室した後、オルタンスはどうしようもない苛立ちと脱力感を抱きながら、使用人に指示を出す。

「紙とペンを持ってきてちょうだい。お父様と、フォルジュ子爵へ手紙を書くわ」

リゼットはきっとやらかすだろう。確信があった。

オルタンスはさっさとリゼットを強制送還させ、子爵家に引き取らせるのが一番被害が少ないと考える。

「せっかく留学したのに、どうして再び非常識女に煩わされなければいけないのかしら……」

小さく零れた愚痴は、冷めた紅茶と共に喉の奥へ流し込まれた。

第四章

リゼットがフリオに付き纏い始めて半月ほどの時が流れた。

フリオはリゼットに話しかけられても、すぐに会話を切り、その場を離れるようにしているが、それでも追ってくるのだから堪らない。明らかに嫌がっているため、時折親切な人間が適当な用事を作って引き離したり匿ってくれたりするものの、リゼットがめげることはなかった。

「私のほうからも注意したんだが……」

そう言って溜息をついたのは、数学の教師であるローレンス・ガンドンだ。

昼休みにアレッタとフリオがリゼットの目から隠れるように弁当を持って移動しているところを、ローレンスが声をかけ、彼の研究室へ招いたのだ。

彼は、少なからずベルクハイツ家と縁のある人物だった。ベルクハイツ家次男のバーナードの同級生であり、友人でもある。

ローレンスはバーナードを友人だと思っているものの、在学中それはもう苦労を掛けられたため苦手意識も持っていた。できれば物理的な距離を置いておきたいというのが彼の本音だ。

そのため、バーナードの妹を職務から外れない程度に気にかけ、兄が王都に出てこなくて済むよう周囲に働きかけている。

そんなふうに、友人の妹だからと気にかけてくれるローレンスに対する素直な脳筋の信頼度はガンガン上がっていっており、バーナードのほうは彼を親友扱いしている。

「先生までそんなことを言うなんて、と話にならん。あれはリサ・ルジアより質が悪いぞ。少なくとも、彼女は途中で我に返る程度の客観性があったからな」

リサ・ルジアは、一学期で退学した元男爵令嬢であり、ウィンウッド王国の高位貴族の令息達を堕落させた例の女生徒だ。彼女はマデリーンの指摘によって我に返り、令息達と距離を置こうとした。しかし失敗に終わり、最終的に学園を去ったのだ。

「まあ、今のところアレッタとは積極的に関わるつもりがないのが不幸中の幸いですね」

「そうだなぁ」

男達はうんうん頷き合い、アレッタは唇を尖らせる。

「別に、絡まれても大丈夫ですよ。むしろ、向こうから手を出してほしいくらいです。そうしたら、リゼットを想像したのだ。

そんな彼女の言葉に、ローレンスは蒼褪め、フリオは遠い目をした。二人は、顔の形が変わった

フリオが一つ咳払いをし、話題を戻す。

「まあそれで、あのリゼット嬢は、貴方は自由になるべきだ、だの、権力に負けないで、だのと俺に言ってくるわけですが、それだけじゃなく、どういうわけか叶わぬ初恋を引きずっていると思われてるんですよ。俺の初恋、もう叶ってるんですけどね」

そう言って、チラ、と流し見られ、アレッタは恥ずかしくなって目を逸らした。

そんな若者達のやり取りに、イケメンなのに独り身という悲しい身の上のローレンスは、心に隙間風が吹くのを感じつつ、口を開く。

「話を聞かず、勘違いも酷いお嬢さんだな。これでその『初恋の人』の正体がベルクハイツと知ったら面倒なことになりそうだ」

その言葉にフリオは嫌そうな顔をし、アレッタは手を出された日が相手の命日だ、と言わんばかりの輝く笑みを浮かべた。

その笑顔を見て、リゼットをアレッタに近づけてはならないと確信したローレンスが、そっと胃を押さえる。学生時代によくお世話になった胃薬を買いに行かなくては……、と心の中で呟く。

「とりあえず、俺は現状維持で、できる限り逃げ回ります。オルタンス嬢がフォルジュ子爵家に連絡を入れたそうなので、もう少しすれば動きがあると思うんです。実家から何か言われて大人しくなるか、そのまま国に帰るなら、それで良いですからね」

関われば関わるだけ面倒になりそうだとフリオが言うのに、ローレンスが頷き、アレッタはできるなら一度ガツンと……、と零しつつも渋々首を縦に振った。

そんな彼女に苦笑いしながら、ローレンスが言う。

「まあ、そういうことなら、私の研究室を避難場所にしなさい。教師の研究室には許可がなければ入れないからな」

ローレンスは一見冷たそうな美形だが、緑の瞳を緩めれば、その人の好さが瞳に滲み出る、学園

でも人気のある教師だ。

「私もできる限り協力する。くれぐれもバーナードが王都に来る事態にだけはならないよう、気を
つけてくれ」

少しおどけたその物言いに、アレッタとフリオは苦笑する。

どんなに迷惑をかけられても、物理的に距離を置いておきたいと願っていても、それでもローレ
ンスは未だにバーナードを友と呼んでいる。学生時代に、人が聞けば同情するような騒動に幾度も
巻き込まれたのに、それでも友人関係を切らなかったのは、そのお人好しな性格故である。

「先生、そんなだからバーナード兄様に好かれるんですよ」

アレッタの言葉に、ローレンスはげっ、と嫌そうに呻き、大きな溜息をついた。

***

「――もう、また見失っちゃったわ!」

そう言って桃色の唇を尖らせるのは、サーモンピンクの髪色をしたカルメ公国からの留学生、リ
ゼット・フォルジュ子爵令嬢だった。

彼女は中庭に面した廊下で辺りを見回すが、目的の人物――フリオは見つからない。

一つ溜息をついて廊下を歩き去る彼女の後ろで、そっと柱の陰から姿を現したフリオに気づくこ
とはなかった。

48

一方、リゼットは歩きながら不満そうにポツリと呟く。

「最近はお昼もご一緒できないし、なんのためにウィンウッドへ来たのかわからないわ」

彼女は、フリオに会うためにウィンウッド王国に来たのだ。自国にいる時も、わざとヒロインが自分の婚約者を攻略するのを黙って見ていたのである。

「せっかく、『ナナホシ』の世界に転生したのに……」

リゼットは、『リゼット・フォルジュ』として生まれてくる前の記憶を持っていた。所謂、前世の記憶というものである。

前世の彼女は、乙女ゲームが大好きな少女だった。その少女が特に好んでいたのが、『七色の星』という名の乙女ゲームだ。中でも、隠しキャラの『フリオ・ブランドン』がお気に入りだった。

彼は全キャラを攻略した後、ゲームのヒロインが三年生になってから一年で登場するのだ。

フリオはウィンウッド王国の王弟殿下の護衛騎士なのだが、たった一年で攻略しなければならずハードスケジュールなのと、そこに至るまでに他のキャラの確定ルートに入りやすいため、攻略が難しい。

そんな彼の肝心のキャラ設定だが、別の人間と婚約している初恋の人が忘れられず、他国を飛び回る外交官である王弟殿下の護衛騎士の一人として、乙女ゲームの舞台であるカルメ公国の情報収集をしているというキャラだ。

攻略方法は、ランダムにいろんな場所に出没する彼と決められた回数以上会い、起こるイベントでの選択を間違えず、間に入るミニゲームで高得点を出すこと。ここで一番難しいのが、出現場所

がランダムでそう簡単には会えない、ということである。

「まさか、学園内でもなかなか会えないだなんて……」

リゼットは少し疲れたように溜息をついた。

彼女は自分が『七色の星』の世界に、悪役令嬢の一人である『リゼット・フォルジュ』として転生したのだと気づいてからというもの、フリオを攻略すると決めている。ヒロインもリゼットと同じ転生者だったのだ。

ところが、ゲームの舞台である学園に入学した時に、予定外のことが起きた。ヒロインもリゼットと同じ転生者だったのだ。

彼女は効率良く、一年足らずの間に六人のキャラを落とす。残るは隠しキャラのフリオだけとなり、まずいとリゼットは焦った。どうも、どれだけ攻略対象達にアプローチされても「ワタシ、ドンカンだから分からないナ？」とばかりにカマトトぶってそれを躱し、各キャラの確定ルートに入らないように調整している。

鼻につく女だが、男を落とす手腕は確かなもの。このままでは、フリオも落とされてしまう。そう考えたリゼットはフライングすることにした。

「フリオがカルメ公国に来たのは、学園を卒業してからすぐってゲーム中で言ってたのよね。だから、きっと今ならウィンウッド王国の学園にいると思ったのよ。アタリで良かったわ」

そう、リゼットはゲーム内でフリオが落とした情報を覚えていたのだ。それだけではなく、ゲーム内でフリオが仕えていた相手が、『七色の星』の前作である『七色の恋を抱いて』での隠しキャ

ラ──ウィンウッド王国の王弟レオンであることも記憶している。

かくして、リゼットは自らウィンウッド王国へ乗り込んだ。

しかし、ここでも予想外なことが起きていた。

「まさか、この国にも転生者がいて、フリオに婚約者ができてるだなんて……」

淑女らしからぬ舌打ちをして、リゼットは忌々しげに呟く。

「どうも、レーヌ・ブルクネイラが転生者っぽいのよね、『ざまぁ』し返してるし……。前作の乙女ゲームの舞台だったから調べればすぐに分かるじゃないの」

お陰で、フリオに余波が行ってるじゃないわ。

何故なら、彼女は一学期の夏至祭で婚約者だった元王太子に冤罪を吹っ掛けられ、断罪されそうになるも助かっているからだ。

前作の悪役令嬢の一人であるレーヌが転生者ではないかと見当をつけるのは、とても簡単だった。

レーヌは自らにかけられた疑惑を払拭し、真実愛する人の手を取り──失敗した。

「せっかく『ざまぁ』したのに、肝心なところでコケるとか笑っちゃうわ。婚約者に浮気された被害者が、婚約者持ちの男に粉かけてるんだから、バカみたい！」

リゼットはそう言ってレーヌを馬鹿にするが、それ以上に自分が愚かなことをしている自覚はない。質の悪さは比べるべくもなかった。

フリオとはなかなか会えないし、オルタンスは五月蠅いし……」

「もう、どうしようかしら。もしかして、彼女はお助けキャラになる最初はオルタンスもリゼットの恋に協力的だったのだ。

のではないかと思っていたのだが、フリオに婚約者がいると知るや否や、リゼットをやんわりと止め、最終的には咎めるようになっている。

その上、実家に連絡したらしく、両親から叱るような手紙が届いた。鬱陶しいもののただの手紙なので、火をつけて暖炉に放り込んでスッキリする。

オルタンスがお助けキャラじゃなくてがっかりしたが、元々彼女は悪役令嬢の一人。仕方がないと思い、リゼットは彼女の説教を聞き流している。

使えないのは周りのモブもそうだ。学園の生徒達はリゼットを蔑ろにはしないものの、やんわりと距離を置き、壁一枚挟んだような付き合いしかしない。誰もリゼットの恋を手助けしてくれず、むしろやめておけ、と阻む者が多かった。

「きっと、それだけフリオの婚約者の権力が大きいんだわ」

その結論は間違いではないが、正解でもなかった。周りの生徒達は、ただ単純に、生物的な本能で、触らぬ神に祟りなし、という態度をとっているだけである。

ベルクハイツは恐ろしい力を持っているが、その力を振りかざす時は、理不尽な不利益を被った時だけの、善良な貴族である。善良でなければ『深魔の森』を有する領を治め続けるなどしないだろう。

そんなことは知らない──知ろうともしないリゼットは、フリオの婚約者を『悪役令嬢』として扱い、自らは『ヒロイン』らしい行動を心掛けていた。あくまで目的はフリオの解放であり、誰かを傷つけることではない。

フリオに権力に抗おう、力を貸すと訴え続ける。しかし、彼はいつもリゼットの話を遮り、さっさと姿を消す。最近では話しかけることも難しくなってしまった。

「やっぱり、婚約者のほうに接触するしかないのかしら……」

今まで、リゼットはフリオの婚約者に接触しようとはしなかった。何故なら、悪役令嬢に自分から積極的に絡みに行くヒロインはあまりいないからだ。

「あっちから絡んできてくれれば楽なのに」

悪役令嬢がヒロインに文句を言い、ヒロインがそれを受け傷つくか言い返すかして、物語が盛り上がるのだ。

「その時にフリオがその場にいて、私を庇うのよね。それで悪役令嬢が怒って、いじめが始まるのよ」

フリオさえいれば、いじめになんかに負けないと浮かれるリゼットの、的外れな妄想は続く。

「いじめに抗い続ける私にしびれを切らした悪役令嬢によって命の危機に曝されるけど、フリオが颯爽と助けに来てくれるのよね。その事件が原因で悪役令嬢が断罪されて、私とフリオはハッピーエンド！　完璧だわ！」

リゼットはスカートを翻し、くるりとターンして笑う。

「断罪はやっぱり卒業式かしら？　あ、その前に文化祭があるわね！　デートイベントがあるわ！文化祭は十月の終わり頃だし、デートイベントでヘイトが溜まって十一月に爆発、ってところかしら？」

リゼットは足取り軽く、人気（ひとけ）のない暗い廊下を歩く。

「やっぱり、物語が盛り上がるために『悪役令嬢』は必要よね。仕方ない、あっちが来てくれないんですもの、私から行ってあげなくちゃ！」

あまりにも自分勝手な、第三者が聞けば正気を疑うようなことを言いながら、リゼットは今後の予定を立てた。

「えっと、確か『悪役令嬢』は一年生だったわね。家柄はどうだったかしら？　権力があるんだから、公爵家とか？　けど、一年生にそんな家柄の子いた？」

流石（さすが）のリゼットも、高位貴族の所属学年や、名前くらいは覚えている。彼らに目を付けられれば自分の行動に差し障り（さわ）が出るからだ。

それを思い付く頭があるのに、目的のために他の全てを無視している彼女は気づいていなかった。

そもそも、前提が破綻（はたん）していることに……。

フリオの初恋の人——アレッタの婚約は解消され、フリオと結ばれることになり、彼は愛する人を手に入れている。既に満たされ、我が世の春を謳歌（おうか）するフリオに、『ヒロイン』が埋める心の隙間などない。当然、『ヒロイン』も必要ないのだ。

それを知らぬリゼットは、上機嫌に笑う。

「まあ、なんでもいいわ。所詮、踏み台だもの」

そんな悍（おぞ）ましいことを言いながら、リゼットは進み続けた。その先が、行き止まりとは知らずに……。

第五章

アレッタは不満に思っていた。

何をかというと、フリオが徹底してリゼットと接触させないように手を回していることに気づいたのだ。

彼の手回しが上手くいっているのは、これまでリゼットが積極的にアレッタに接触しようしていないことと、アレッタが受け身の姿勢だったお陰だ。

しかし、こうも長期間に亘って婚約者に付き纏うなら、話は別である。流石に不快だし、苦情を言わねばなるまい。

フリオがあからさまに避けているにもかかわらず、リゼットがしつこく絡みに行っているのだ。彼女の実家にも話が行き、もう、何かしらのアクションがあってもおかしくない頃合いなのに、付き纏いが続いている。態度を改める気がなく、事態は膠着していると見て間違いない。

事態を動かすためにアレッタが一石投じる必要があった。

ところが、どうもフリオはその一石でリゼットの顔面をかち割ろうとしているとでも思っているらしく、先回りしてアレッタとリゼットの接触を邪魔するのだ。

全くもって心外である。口では色々言うが、武人の端くれたるアレッタには、リゼットに手を上

げるつもりはない。アレッタが手を出せば、フリオの予想通りリゼットの顔の形が変わるからである。

やるなら口で戦い、威圧するだけだ。

なお、アレッタの威圧は、中級下位の狼型の魔物が尻尾を足の間に挟んで全速力で逃げ出すほどの威力があるが、顔の形が変わるよりはきっとマシである。……多分。

まあ、そういうわけでアレッタはリゼットと接触したいのだが、フリオの手回しで遮られていた。

まずフリオを説得しなければならない。

アレッタは彼を人気のない場所に呼び出す。

「フリオ」

「どうした、アレッタ。アレッタのほうから会いたいと言ってくるなんて珍しいな」

笑顔でこちらに近づいてくるフリオだったが、アレッタの微笑みに何かうすら寒いものを感じたのか、途中で笑顔を固まらせた。

「フリオ」

アレッタの再びの呼びかけに、反射的に逃げの体勢を取ろうとする。けれど、彼女のほうが早い。

アレッタは一瞬でフリオの懐に飛び込み、そのまま壁に押し付けて流れるように足払いをかけ、尻もちをつかせた。

そして最後に、逃げられないよう腕で囲い込む。

背後の壁。前面のアレッタ。フリオを囲い込む腕。

つまり、乙女の夢、『壁ドン』である。

——あれ、俺がされるほうなの？

そう言わんばかりの顔をするフリオに、アレッタはにっこり笑いかける。

「ねえ、フリオ。なんで、私がリゼットさんとお話ししようとするのを邪魔するの？」

「え。いや、それは……」

気まずそうに視線を泳がせる彼に、告げる。

「私、フリオが心配するみたいに、リゼットさんに手を上げるような真似はしないわよ？　これでも武人ですもの。どんなに不快な方でも、力のない令嬢に手を上げたりしない」

「まあ……、そうだな」

武人であることを前面に持っていくと、ベルクハイツたるアレッタをよく知るフリオは頷く。けれど、完全には納得していないらしく、その声音には苦いものが混じっている。

「……フリオはそんなにあの人と私が関わるのが不安……いや、違うわね。嫌なの？　何故（なぜ）？」

と首を傾（かし）げるアレッタに、フリオは暫（しば）し呻（うめ）いた後、観念したように口を開いた。

「あのな、俺はずっとお前が好きだったんだよ。それなのに、横からかっ攫（さら）われて、最近ようやく手に入れられたわけだ。それがたった数か月でこの有様（ありさま）だ。面倒を大きくするより、静観して流れを見極め、あのお嬢さんが勝手にコケるのを待つほうが……お前を失う可能性は低い、と考えたんだよ」

その言葉に、アレッタは目を丸くする。

フリオが言うには、リゼットの実家は子爵家ながら、国元ではそれなりに大きな権力を有しているらしい。それこそ、婚約者がいる他国の伯爵家の三男坊を娘の婿にする程度、容易いくらいには……。

「まあ、俺はベルクハイツ家の次期当主の婚約者だから、実際にはできないだろうが、小さな可能性でも潰しておきたいんだよ」

つまり、アレッタと別れたくないから、我慢しているし、我慢してほしいらしい。

なんともまあ弱気で、可愛らしいことだ。アレッタは呆れつつ苦笑する。

「フリオ」

彼の両頬を手で包み、俯き気味だった顔を上げさせた。

「ねえ、フリオ。貴方、ちょっとベルクハイツ家を分かってないわ。あのね、そんな小さな可能性なんて、見なくて良いの。潰すのは、そんな小さな可能性じゃないのよ」

彼女は獰猛に嗤う。

「潰すなら、相手の全てよ」

言い切ると、フリオは身を固くする。

「我がベルクハイツは、ウィンウッド王国の生命線。何者にも侵されず、全てを薙ぎ払う者でなければならない。たとえ我が国の王であっても、理不尽を許してはならない。何故なら、我らが折れれば、その時が国の終わりだから」

その瞬間、『深魔の森』から魔物が溢れ出し、この国を呑み込むだろう。

「敵は全て薙ぎ払い、叩き潰す。二度と、我らに手を出そうと思えなくなるまで」

アレッタはひたり、とフリオの目を見つめて言う。

「フリオ。私は貴方のモノだけど、貴方は私のモノに手を出されるのをとても嫌がるのよ」

知ってるでしょう？　と言われてフリオが思い出すのは、現ベルクハイツ家の当主アウグストだ。

妻に寄ってくる虫は、豪快かつ派手に追い払う。彼はガチで物理的に複数の男を薙ぎ倒したことがあるのだ。

「ねえ、フリオ。少し不思議に思ってたんだけど、どうして私のお母様に相談しないの？」

「え？」

アレッタの疑問に、フリオは目を丸くする。

「そんなにおかしなことを聞いた？　だって、他国にまで手を回すには、今のフリオじゃちょっと手の長さが足りないわよね？　なら、お母様の手を借りたほうが良いわ。こういう時、お母様はお祖母様に相談していたもの」

それとも、これは男と女の違いなのかな、と首を傾げるアレッタに、フリオは強張っていた体の力が抜けていくのを感じていた。

彼は、今ようやく自分がベルクハイツ家の一員として数えられているのだと実感したのだ。試されるのではなく、教育され、協力を得られる立場なのだと。

もう、アレッタの伴侶の席を誰にも奪われない、奪うことをベルクハイツ家の人間全てが許さな

いのだと知ったのだ。

フリオの安堵に気づいたアレッタは、心外だとばかりに顔をしかめる。

「フリオ、私が貴方を手放すとでも思っていたの？　私のモノになった、貴方を？」

不機嫌そうな彼女に、フリオは慌てて何か言おうとするが、それよりも早く動く。

「フリオ、貴方、ちょっと自覚したほうが良いわ。ベルクハイツの伴侶が、どういうものかを」

——だから、ちょっと、私に食べられちゃえば良いのよ。

そう言って、アレッタはフリオの唇に噛みついた。

＊＊＊

「おれがくわれるほうなの……？」

そう弱々しく言いながら、フリオは乙女の如く顔を真っ赤に染め、それを両手で隠して無様に転がっていた。

その傍には、ご馳走様（ちそうさま）、と言わんばかりの表情でペロリと唇を舐める（な）アレッタがいる。ベルクハイツは弱肉強食。弱いほうが喰われるので、これで正しいのである。

「お前、つい最近まであった初々しさ（ういうい）を何処（どこ）に落としてきたんだ」

「さあ？　最近イライラしてたから、つい目の前の獲（ちそう）も——ご馳走に飛びついちゃって」

「今、獲物って言おうとしたな？」

60

ご馳走も大概だぞ、とブチブチ文句を言いつつも、フリオがノロノロと身を起こした。しかし、未だに熱のひかない真っ赤な顔で文句を言われても、ちっとも怖くない。

「まったく、人が来たらどうするつもりなんだ。淑女がして良い行動じゃないぞ？」

「大丈夫。人の気配には気をつけてたから」

「なんという才能の無駄遣い……」

気配を読むなど容易い、と仕事人みたいな顔で言うアレッタに、彼は呆れた様子で溜息をつく。

「とりあえず、フリオは私がリゼットさんと接触するのを邪魔しないでほしい。それから、お母様に報告、連絡、相談をすべきだと思うわ。男のプライドとかあるかもしれないけど、ベルクハイツの伴侶のノウハウを学ぶチャンスだと思って呑み込んで」

「いや、別にプライド云々は大丈夫だ。ただ、婚約前の感覚が抜け切れてなかったんだよ」

そして頬を掻いた。

「俺、もうベルクハイツの一員に数えられてるんだな」

「んん？　当り前じゃない」

アレッタが少し驚いて、何を今さらと言うと、彼は嬉しそうに、そうかと笑う。

大体において、フリオは婚約前から半分身内扱いだった。今思えば、ルイスが婚約者だった頃も彼よりよっぽど近しい存在だったし、婚約者になって以降は完全に身内扱いだ。

ベルクハイツが本来婚約者として目を付けていたのはフリオなのだと、アレッタも婚約してからようやく気づいた。色々と画策されていたらしいアレコレが目に付き、ルイスとの婚約破棄は最初

から計画されていたのだと感じたのだ。

当初、思わず、うわぁと呻き、母であるベルクハイツの麗しの悪魔に極上の微笑みを向けられてもいる。アレッタは中央が何かやったせいなんですね、と察して、諸々から目を逸らしていた。

そうした経緯もあって、フリオはとっくに身内扱いというか、伴侶扱いをしていたのだが、当人は気づいていなかったらしい。

これは、未来の伴侶たるアレッタの落ち度だろう。婚約前後の時は照れが前面に出ていたし、慣れると落ち着きが出すぎて婚約前とあまり態度が変わらなかったかもしれない。これからは、もっと両親や兄達を参考に積極的になるべきか、と考え、一人うんうんと頷く。

そんなことは露とも知らず、フリオがやれやれとんだ目にあった、とばかりに服についた汚れを叩きながら立ち上がる。

「アレッタの気持ちは分かった。オリアナ様に相談してみるから、接触はちょっと待ってくれ。保険をかけておきたい」

「えー？　うーん、まあ、分かった」

その言葉に渋々頷くと、彼はすぐだから、と苦笑してアレッタの頭をくしゃりと撫でた。

「リゼット嬢とどうぶつかるにしろ、被害は抑えるに限るだろう？」

「んー、まあ、それは理解しているんだけどね……」

鬱憤が溜まっているのだ。

「面倒なことが起きても、すぐに回収して、相手に被害請求を回せるようにしておきたいんだよ。

大体、一番迷惑をこうむってるのは俺だぜ？　その分、きっちり回収したい」

確かに、一番迷惑をかけられているのも、力のある家に貸しが作れるなら作っておきたいというのも本音だろう。他国であろうと、力のある家に貸しが作れるなら作っておきたいというのも本音だろう。

「ウチのブランドン家じゃ、なあなあで終わらされるが、ベルクハイツ家ならあっちも気を使わざるを得ない力があるからな」

フリオには、ベルクハイツ夫人の手を借りれば、必ず上手くいくという確信があった。むしろ、今回作る貸しを、どう有効活用できるか実地で教えてもらえるに違いない。

そんな予想を立てた彼はニッと笑い、言う。

「あんなアホ娘を国外に出したんだ。その不手際の責任は取ってもらわなきゃな」

その笑顔は少々迫力は足らないものの、ベルクハイツの悪魔にそっくりだった。

＊＊＊

ひとまずリゼットと接触しないと約束したアレッタだったが、その約束は残念ながら意味をなさないものとなった。

何故なら、リゼットのほうから接触してきたのだ。

授業が終わり、さあ昼ご飯だ、と席を立ったアレッタは、微妙に困った顔をしたクラスメイトに呼ばれる。

「アレッタさん、あの、先輩が呼んでるのだけど……」

「え？　どなた？」

クラスメイトはチラ、と教室の入り口に視線を投げ、苦い表情で告げた。

「リゼット・フォルジュ先輩よ」

「えっ!?」

驚いてアレッタも入り口に目を向けると、そこにはサーモンピンクの髪の美少女がいる。その表情は男の庇護欲を誘うような不安げなものだったが、女の目から見れば演技だと分かる代物だ。

そして、演技と分からずとも、その不安げな表情に引っかかる男はこの教室にはいない。あの女はベルクハイツに喧嘩を売った地雷女だという意識が浸透しているからだ。

男達は顔には出さないようにしながら恐々とリゼットを避け、教室から出ていく。疫病神の如き扱いであった。

つい先頃フリオと約束したばかりだというのに、どうしたものかと思いつつも無視はできず、アレッタはリゼットのもとへ向かう。

「あの、何かご用でしょうか？」

「ええ。えっと……、ちょっとお話ししたいのだけど、良いかしら？」

不安げな、如何にもか弱い可憐な令嬢らしい様子でリゼットは言うが、その言葉には「当然ついてくるわよね？」という高慢さが見え隠れしている。アレッタの女としての感情が「は？」と恐ろしく低い声を出させた。

目に見えぬ世界で、高らかにゴングが鳴った瞬間である。

「構いませんが、婚約者と一緒に昼食をとる約束をしていますので、手短に願えますか？」

言外に、お前が追い回している男と仲良く食事を共にする仲です、と言ってやる。リゼットは一瞬不快そうに顔を歪めるが、それを瞬時に隠して、ショックを受けました、と言わんばかりの辛そうな顔を作った。何も知らぬ男なら、コロッ、と騙されそうな見事な演技力だ。

「そんな……、け、けど、わたし、どうしても貴女と二人でお話ししたくて……」

リゼットは少し怯えたふうに、けれど毅然と顔を上げて――と、何処ぞのヒロインのように振る舞う。

しかし。大した演技力だと感心するものの表情を変えず、周りの生徒達――特に女生徒は、なんだあのぶりっ子は、とばかりに目を細めた。

女という生き物は、男受けする態度をあからさまにとる女、つまり、男に媚びる女を嫌う生き物である。故に、貴族の令嬢達は冷ややかな視線をリゼットに浴びせていた。

まだ教室内に残っていた男達まで、令嬢達の様子に本能的なうすら寒さを感じ、そそくさと教室を出ていく。

アレッタは、お前が信用ならないので二人きりになりたくありません、と言ったのだが、リゼッ

「あ、そうね。ごめんなさい、自己紹介がまだだったわ」

「申し訳ありません。婚約者から見知らぬ方とは二人きりになることは避けるよう言われていますので、人目のある場所で誰かを交えてのお話をお願いします」

トは『見知らぬ』という箇所だけ受け取って話し出した。

「私は二年生のリゼット・フォルジュというの。カルメ公国からの留学生で、今学期からこの学園に通っているわ」

そう言い、気弱そうに小首を傾げる。

「けど、見知らぬ、というのはちょっと違うと思うわ。食堂でお会いしたことがあるわよね？」

確かにそうだが、自己紹介もし合っておらず、あからさまに己の婚約者に粉をかけられた現場を初対面の場としていいのか。そう言ってやりたいのをアレッタはぐっと我慢した。それを口にすれば、きっと面倒なことになると分かっていたからだ。

さて、どうしようかと思っているところに、名を呼ばれる。

「ベルクハイツ、ちょっといいか？」

「あ、はい。ガンドン先生」

アレッタを呼んだのは、ローレンスだ。

「すまんが、手を借りたい。あー、フォルジュ。ベルクハイツとの話は急ぎか？」

「あ、いえ、大丈夫です……」

少し驚いた様子で、けれど何処か喜色の混ざった声色でそう答えたリゼットに、なら大丈夫だな、と遠慮なくローレンスはアレッタをその場から連れ出す。そして、リゼットの姿が完全に見えなくなると、眉間に皺を寄せてそっと小さな声で言った。

「お前の婚約者が俺の研究室で待ってるぞ。まったく、教師をパシリに使うとは、良い度胸だよ」

66

「えっ、あ、そうなんですか？　えっと、お手数おかけしてすみません、先生」

どうやら、フリオがアレッタの状況を知り、あの場から連れ出してほしいとローレンスに頼んだらしい。

「いいさ、俺も教師だからな」

それにバーナードより何倍もマシだ、と大きな溜息と共に吐き出された言葉に、アレッタは視線を逸らしたのだった。

　　　＊＊＊

あの教室での一件から、リゼットは積極的にアレッタと接触を図るようになった。

アレッタとしても話をするのはやぶさかでないのだが、フリオからゴーサインが出ていない。何だかんだ理由をつけて逃げ回っている。

この日もまた渡り廊下でリゼットを見つけ、踵を返して速足で廊下を歩いていた。そして、後ろを気にしながらも廊下の窓が開いているのに気づき、そこから脱出することにする。

ちなみに、現在の位置は二階だが、都合の良いことに青々と葉を茂らせた大木が近くに生えており、人気もない。アレッタはためらうことなく窓枠に足をかけ、大木へ飛び移る。令嬢でありながら、戦士でもある彼女にしかできない荒業だ。

まさか令嬢が二階の窓から木に飛び移るなどとは思わないだろうし、木には葉が多く茂っており、

68

アレッタの姿を上手く隠してくれた。後から追ってきたリゼットは窓の外の木に隠れるアレッタに気づかず、廊下を通り過ぎていく。

そうして、アレッタが小さく安堵の溜息をついた時である。

「あっ！」

「あら、貴女、確か……」

廊下の向こうから元王太子アラン・ウィンウッドの婚約者であった公爵令嬢、レーヌ・ブルクネイラが出てきた。

片や現在の婚約者に付き纏う女、もう一方は元婚約者であるルイス・ノルトラートの浮気相手。

アレッタにとってはどちらも苦い思いがある令嬢である。

微妙な心境で見ていると、二人はアレッタの存在に気づかず、まさかの会話を始めた。

「そう、確か、カルメ公国から留学して来た方ですわね？」

「……ええ、そうよ。それで、アンタはレーヌ・ブルクネイラ公爵令嬢で、転生者でしょ？」

常に被っている猫を全て引っぺがし、ふてぶてしい態度で見下すかの如く目を細めるリゼットに、レーヌがぎょっとする。

「な、何を——」

「だって、アンタ悪役令嬢のくせに婚約者だった王太子を蹴り落としてるし、ゲームのキャラと明らかに様子が違うし」

彼女は動揺して口を意味なく開閉させていたが、すぐさま態勢を立て直し、不遜な態度のリゼッ

トを睨みつけた。

「そうね。そういう貴女も、転生者なんでしょう?」

その言葉に、リゼットは特に表情も変えず鼻で笑うだけだったが、窓の外のアレッタは驚く。リゼットも、レーヌや例の婚約破棄騒動の中心人物だったリサは転生者だろうと推測していたが、リゼットも、そうだとは思っていなかったのだ。

確かにリゼットはリサと似た行動を取っていたが、乙女ゲームの攻略対象であるローレンスに対する興味が薄く、攻略対象ではないフリオに執着している。そのせいで、彼女は違うだろうと思っていたのだ。

しかし、次の瞬間、思いもよらぬ情報をレーヌが語った。

「続編の悪役令嬢である貴女とオルタンス様がこの国にいるなんて、明らかにゲームの設定から逸脱した事態だし、隠しキャラのフリオ・ブランドンに纏わり付いているし……。高位貴族でもない、しかも婚約者持ちの男に纏わり付くなんて、転生者じゃなければ、ただの物好きなアバズレだわ」

割とブーメランなセリフではある。それはともかく、その言葉の内容はアレッタを納得させると同時に、驚かせた。

まず、あの乙女ゲームに続編なんて出てたの、とびっくりする。そしてフリオがその続編で隠しキャラだったということに、頭痛がする思いだった。

確かにフリオはなかなかのイケメンだし、母に鍛えられただけあって優秀で、ある意味キャラが立っている。とはいえ、まさか続編の乙女ゲームの攻略対象になっているとは夢にも思わなかった。

何せ、実家の家族のほうがフリオなどよっぽどキャラが立っているのだ。あの家族に慣れてしまったアレッタには、フリオ程度の存在感では少々力不足と感じる。もっと色んな意味で濃くならないと、フリオ程度の暗躍系イケメンキャラでは、ベルクハイツ家の人間にしては薄味ですね、の一言で終わるのだ。いや、比べる相手が悪すぎるか。

そこまで考えたアレッタは、うちの家族が主要キャラになる乙女ゲームとか出てないだろうな、と心配になった。ベルクハイツ家はキャラが立ちすぎている。もし出ていたら、覇王系乙女ゲームとかいうパワーワードで語られる問題作になる予感しかしない。是非とも作られずにいてほしいものである。

一方、窓の向こうの二人の話は進む。

「はあ？　アバズレはそっちじゃない！　自分も相手も婚約者がいるくせに浮気して、結局日陰者になった悪役令嬢のくせに！」

「……っ！　貴女にだけは言われる筋合いはないわ」

リゼットの暴言に一瞬言葉を詰まらせたレーヌだったが、努めて冷静に言葉を返した。

リゼットはそれが面白くなかったのか、顔を歪め、さらに言葉を重ねる。

「大体、アンタのせいでフリオに婚約者ができたのよ！　アンタが手を出した男の婚約者がフリオの婚約者だって話じゃない。ほんと、よくも余計なことをしてくれたわね！」

お陰で予定がくるった、と自分勝手なことを喚くリゼットに、レーヌも不快そうに顔を歪めた。

「何よ、それ。あの人の婚約者だったアレッタさんには申し訳ないことをしたけど、貴女のソレは

私に何の責任もないわ。アレッタさんの新しい婚約者が、偶然フリオ・ブランドンだっただけじゃ

ない。私に文句を言われても困るわね」

彼女はこれ以上の会話は無駄だと踵を返し、さっさと歩き去る。対するリゼットは、その背をき

つく睨みつけて、フン、とばかりに勢い良くそれから顔を背け、レーヌとは反対側へ足早に歩いて

いった。

二人の姿が完全に見えなくなったことを確認したアレッタは、隠れていた木から窓へ飛び移る。

そして、誰もいない廊下で呟く。

「面倒なことになってきたなぁ……」

リゼットはただのお花畑令嬢というわけではなかった。

この世界でゲーム通りに事が進行すると信じている、かつてのリサのようなゲーム脳患者でも

あったのだ。

これまでの彼女の行動からその思い込みを解くのはとても難しいだろうことが分かる。

心底面倒だと肩を落とし、アレッタは大きな溜息をついたのだった。

第六章

さて。そもそもアレッタが、この世界が乙女ゲームの世界だと気づいたのは、学園に入学して暫く経ったパーティーでのことだった。そして、前世で別の世界の人間だったのが自分だけではなさそうだ、と知ったのは、レーヌの『ざまぁ騒動』を経てだった。

リサという少女が、明らかに男を侍らすことに優越感を抱き、何より特定の人物の情報を知りすぎていたのだ。加えて、リサに王太子を奪われたレーヌが前世のライトノベルによくある婚約破棄を『ざまぁ』で返したのが決定的だった。

最後のほうは、リサも我に返って己の状態がまずいものだと理解していたようだが、おめでたいゲーム脳状態だっただろうな、とアレッタは察していた。

そんないつかのリサのような行動を取るリゼットがまた転生者で、続編の乙女ゲームに出てくる悪役令嬢だという。しかも、その続編の隠しキャラがフリオらしいのだから笑えない。

かつてのリサよりも重度のゲーム脳をしたリゼットは、きっと、ゲームの攻略情報を元に、何かを仕掛けてくるに違いない。まあ、上手くいくとは思えないのだが……

最早、重度の視野狭窄に陥っているゲーム脳患者は、一体どうすればその病気を完治できるのか、

さっぱり分からない。

彼女の思い込みは、敵意を持っている相手からのアドバイスでは解けないだろうし、そもそもアレッタにそこまで親切にしてやる筋合いはなかった。散々迷惑をかけられていることもあるが、フリオがリゼットの過失を元にフォルジュ家に貸しを作ろうとしている最中でもあるのだ。

酷いと思われるかもしれないが、貴族にとって相手の弱みに付け込むのは常道である。フォルジュ家のような力のある家は、リゼットのような馬鹿を曝さないために子供をがっちり教育してしかるべきなのだ。それができなければ、某悪魔に真綿を首に巻かれる羽目になるのである。

おそらく、フリオからゴーサインを出される頃には、リゼットの強制送還の手筈が整えられているだろう。

現時点において、リゼットは他国に恥を曝し続けているといって過言ではない。これ以上まずいことが起こらないうちに、手元に戻すのは当たり前。フリオのゴーサインを貰うその時、アレッタはリゼットにお別れの挨拶を告げることになりそうだ。

できる限り早めにそうしたいものである。

まあ、そんなわけで、アレッタは現在の進捗状況をフリオに聞くことにした。

「ねえ、フリオ。私はいつまでリゼットさんから逃げ回ればいいの?」

「う……ぐぅ……! もうちょっとかかる……! アレッタ、ギブ! ギブ!」

聞いた時間は朝の鍛錬中であり、手合わせの末に逆エビ固めをフリオにかけながらであった。

アレッタはギブアップしたフリオの足を解放し、そのまま流れるように仰向けにひっくり返して

74

腕を取り、腕ひしぎ十字固めをかける。

「いだだだだだだだ!?　アレッタ、アレッタさん!?　何を怒ってらっしゃるんですか!?」

「だって〜　もうそれほど話したいとは思ってないけど、逃げ続けるのってストレスが溜まるんだもの〜」

そんなじゃれ合いを続け、周りからはリア充爆発しろ的な視線をいただきつつ、二人は朝の鍛錬を終えた。

シャワーで汗を流し、食堂へ行く道すがら、フリオが先程のアレッタの質問に詳しく答えてくれる。

「今は、フォルジュ家がリゼット嬢の仕出かしたことが本当かどうか事実確認しているところだな。本人にも注意が行ってるはずだぜ。まあ、オルタンス嬢が苦言を呈していたらしいから、もうすぐだろう。ただ、どうもリゼット嬢は、親元にいた時は親の言うことをよく聞くイイコだったらしい。もしかすると回収の前に、ある程度の期間、説教やら説得が入るかもしれん。それで態度を改めるとは思えないんだけどな」

どうやら、アレッタの予想は外れたようだ。

フォルジュ家は、リゼットが即刻回収しなくてはならないほど理解不能な行動を取っているとは認識していないようだ。叱りつけて行動を改めさせれば、学業の続行が可能だと思っているらしい。

まあ、確かに辺境の子爵家の婚約者、伯爵家の三男坊一人に迷惑をかけているだけなら、ギリギリ強制送還をさせるほどではないと思ったのかもしれない。しかし、かつてこの学園で騒動の中心

にいたリサを彷彿とさせる行動を取っている彼女の印象は、かなり悪い。レーヌに見せたあの姿が素なのだとしたら、いつかとんでもない失態を犯す気がしてならない。

さっさと回収したほうが傷は浅くて済むだろうに、と言うフリオに、アレッタはうんざりと溜息をついた。

***

まさかの転生者とフリオの隠しキャラ発覚に、ストレスゲージに大打撃を受けたアレッタ。その彼女をお茶に誘ったのは、マデリーンだった。

彼女は、ストレスを溜め続けているアレッタに、仕方のない子、と言わんばかりに苦笑し、町にある人気のカフェの高位貴族用の個室で、評判のスイーツを振る舞ってくれる。

「今日は、ありがとうございます。マデリーン様」

「良いのよ、未来の義妹ですもの。それに、グレゴリー様からの手紙を持ってきてくれたお礼よ」

そう言って、マデリーンはにっこりと微笑んだ。

今回のお茶会は、アレッタとマデリーンの二人きりである。どうやらマデリーンは、あのリゼットに関するベルクハイツの今後の動きを聞き出しつつ、アレッタから愚痴を吐き出させたいらしい。

ひとしきりスイーツを堪能した後、紅茶を楽しみながらマデリーンは話を切り出した。

「——それで、ベルクハイツ家では今度、リゼット・フォルジュ子爵令嬢に対して、どういう対応

を取っていくのかしら?」

質問の内容は、あくまで確認の色が強い。

リゼットがしていることは淑女としてあるまじきことだとはいえ、婚約者がいる男性に付き纏っ
ているだけ。迷惑であっても被害は小さい。故に、表向きベルクハイツ家がしたことは、フォル
ジュ家に苦情を入れただけだった。

しかし、それで終わらせないのが、ベルクハイツ家の伴侶が悪魔と恐れられる所以である。

「とりあえず、母から手紙で教えてもらった話では、使者を出してフォルジュ家へ正式に苦情を入
れたそうです。そのついでに、フォルジュ家を色々探ってるんだと思います。どうもフォルジュ領
で知りたいことがあるらしくて……」

使者一行の中に熟練の探り屋を交ぜ、堂々とフォルジュ領に居座らせて探っているのだ。

「リゼットさんに関しては、国外のお家なので、我が家の力も弱まり、色々時間が掛かっているみ
たいです」

というのは建前で、時間が掛かれば掛かるほど、悪魔の笑顔が輝く可能性が上がる。

「母としては欲しい情報が手に入るまで、グダグダしてくれてて良いと思っているみたいです。そ
れを目くらましにできますから」

「つまり、それが本命なのね」

オリアナが何を知りたがっているのかは聞いていないが、アレッタとしては、さっさとリゼット
を薙ぎ払ってしまいたかった。

しかし、ベルクハイツの伴侶たる母が待てと言うからには、従わなければならない。待てば領地にとって良い何かが手に入るのだ。それが分かっているから、アレッタは我慢するしかない。

「まあ、リゼットさんがフリオに付き纏う限り、攻撃の理由がありますから、我が家に容赦するつもりはないです」

「売られた喧嘩は買って、倍にして勝つのね」

それが貴族ってものよね、と頷くマデリーンだが、そこで綺麗に叩きのめせるのは、ベルクハイツの伴侶と、一部の怖い能吏だけだろうな、とも思う。

兎も角、ベルクハイツはリゼットを回収させるのに手こずっているのではなく、某悪魔が慰謝料を毟り取る準備をしている最中なのだと把握し、マデリーンは話題を変えることにした。

「ところで、アレッタ達はいつも朝食前に鍛錬をしているわよね？ そこにリゼットさんは来ないの？」

「はい、来たことはありませんね。なんでも、朝が弱いらしいですよ？ いつだったか、フリオに言っていたのを聞きました」

「あら、そうなの……」

彼女は小さく溜息をつく。

「貴女の訓練風景を見れば、あの方もちょっとは自重すると思ったんだけど、残念ね……」

普通の令嬢にしか見えないアレッタが軽々と大剣を振り回し、他を圧倒している姿を見たことがあるなら、とてもではないが馬鹿なことは考えられない。何をしても無駄であると、その考えを捨

てるだろうとマデリーンは思ったのだ。

「あの方を見ていると、リサ・ルジアさんを思い出すのよね。なんだかこう、事前情報が絶対だと信じ込んで、客観性を失っているような感じが」

彼女のこの言葉は、婚約者持ちの男に付き纏うリゼットが、フリオに対して好物の一つであるフィナンシェを、馬鹿の一つ覚えみたいにプレゼントすることから来ていた。これがゲームなら好感度が上がるだろうが、ここは現実。厄介な人間だと警戒している人物から飲食物を差し入れされても普通は受け取らないし、無理やり渡されようものなら捨てるしかない。

「でも、リサさんは途中で正気に戻りました」

「そうね。まあ、平民上がりの子が、王子様や顔の良い高位貴族の子弟にチヤホヤされれば、舞い上がってしまってもおかしくないわ」

リサへの評価は、周りの男達があまりにもお粗末だったことと、最終的には同情票が多くなっている。

「それにしても、元々貴族社会で生きてきたリゼットさんは、どうして今まで問題なく過ごせていたのかしら？　信じられないけど、オルタンス様に聞いた話では、お国にいた頃はごく普通の令嬢だったそうなの。この国に来て、態度が急変したらしいわ」

おかしな人よね、と小首を傾げるマデリーンに、アレッタは遠い目をした。

きっと、『攻略対象のフリオ』以外に興味がないため、周りに逆らわず、適当に過ごしてたんだろうな、と察する。

「何にせよ、フォルジュ家は早くリゼットさんをどうにかしてほしいです」

そう言って盛大な溜息（ためいき）をついたアレッタのために、マデリーンはスイーツの追加を頼んだ。

＊＊＊

アレッタがマデリーンとの女子会で愚痴を零し始めた頃、そのアレッタの婚約者であるフリオは王宮に来ていた。

何故（なぜ）かと言うと、王太子となった王弟レオンと、その婚約者候補であるオルタンスから内々にお茶に誘われたためである。

もちろん、これは単純なお誘いではない。リゼットにより迷惑をかけられているフリオに対してのお伺いだ。アレッタに声がかからなかったのは、先に直接的な被害者の声を聞きたかったためだろう。

リゼットは他国の令嬢なので、本来ならば王家は関係ないのだが、次期王妃に望んだオルタンスと生国を同じくし、共に留学生としてウィンウッド王国へ来たというのが悪かった。暗黙の了解として、オルタンスにリゼットの監督責任があるものとされるからだ。

アレッタの婚約破棄騒動でベルクハイツ家と気まずい関係になった中枢貴族は、これ以上の関係悪化を望んでいない。それ故にフリオに粉をかけ、アレッタを――ひいては、ベルクハイツを不用意に刺激するリゼットを監督しきれていないオルタンスと王弟レオンとの婚約は考え直したほうが

80

良いのではないか、という声が上がっているのだ。

しかし、それで困るのは王家である。

当然、王家もベルクハイツ家との関係悪化は望んでいないが、レオンは未婚だ。

実のところ、国内はもとより、近隣諸国にもオルタンスより良い条件の令嬢がいないのだ。

彼女はレオンと多少年齢が離れているものの、既に子が望める年齢であり、他国のものであれど王妃教育が施されているのだ。これ以上ない優良物件だった。

何より、レオンはオルタンスを気に入っている。

彼女は己に課せられた責任をよくよく理解しており、レオンと話が合った。ある意味同病相憐むというか、過去に似たような苦い経験をしているため、お互いの心情をよく理解し合えるのだ。

つまり、男をひっかけるのが上手な女のせいで、オルタンスは元婚約者とのコミュニケーションに失敗し、レオンで甥が婚約者に冤罪を吹っ掛けて返り討ちにされた。

二人は、それらのことでコミュニケーションの大切さを身に染みて理解している。二度と同じ失敗はできないと、お互いを知る努力をした。そのお陰で二人の関係は上手く噛み合い、婚約の内定が目の前に見えていたのだ。

そこをリゼットの理解不能な行動で邪魔される。

腹を立てるな、と言うほうが無理だ。

レオンは痛む頭を抱えながら、一つずつ丁寧に問題を片付けるべく、行動を開始した。その一環としてフリオを呼び出したのだ。

――と、いうのがフリオの知る王家の動きであった。

　これを報せてきた未来の義母の手腕に寒気を感じつつ、フリオは表面上穏やかに二人に挨拶し、軽い雑談をしてから本題に入る。

「なるほど、そのフォルジュ子爵令嬢がブランドンに付き纏っていると……」

「ええ。最初は遠回しに、最近ではあからさまに避けているのですが、理解されずに困っております」

「申し訳ありません、ブランドン様。おやめなさい、と何度も言っているのですが、話が通じなくて……。分かっていて聞かないのか、本気で理解できないのかすら分からず……」

　心底困った様子のオルタンスに、フリオはそうだろうなぁ、と頷く。

「何故かリゼット嬢は私がアレッタと無理やり婚約させられたと思い込んでいるようで、何度否定しても信じてもらえないのです」

　その言葉に、オルタンスはそうなのよね、と言いたげに首を縦に振った。

「私にはお二人は仲睦まじく見えますのに、あの子の目はどうもおかしなことになっているようですわ」

　最早何を言っても無駄、と言わんばかりの彼女の態度に、フリオはこの人も苦労してるな、と感じた。

「リゼット嬢を帰国させることはできないのでしょうか？」

　言外に、このままウィンウッド王国にいさせるとカルメ公国の恥を曝すだけだと言えば、オルタ

82

ンスが困ったように答える。

「それなのですが、私もフォルジュ家に連絡を入れ、リゼットを帰国させるよう促したのです。で
すが、どうにも上手くいかなくて……」

ここで足を引っ張ったのが、オルタンスのルモワール公爵家とリゼットのフォルジュ子爵家が所
属している派閥が違うということである。

それぞれが所属する派閥は敵対こそしていないものの、相手の持つ力を削げるチャンスがあるな
ら活かしたいというのが本音だ。

加えて、リゼットが国元では常識外れの行動を取ったことがなく、大人しい娘という印象が強く
て、フォルジュ家は半信半疑で娘の素行を調査しつつ、一応手紙で注意する程度しかしていない。

その対応はあまりにも暢気で、油断がすぎるものだ。

オルタンスは実家からも注意してもらったが、それがどうにもおかしなほうへ受け取られている。

ルモワール家としては、こんなことで娘の縁談が潰れては困るので、裏に何かを含むことのない
純粋な注意と苦情だったのだけれど、フォルジュ家は何かしらの陰謀だと誤解しているらしい。

「国元でのリゼットは、本当に大人しい令嬢だったのです。今の常識外れの行動が本当に信じられ
ないくらいに」

「国元から離れ、開放的な気分にでもなって弾けたんでしょうか?」

「普通は他国に行けば、弱みを見せるわけにはいかないと気を引き締めるものだがな」

心底分からない、と男達は首を横に振る。

まさか、国元ではやることがないので、ただ言われた通りに模範的な令嬢をしていただけなどとは思いもしない。

「それで……申し訳ないのですがリゼットの帰国には時間がかかりそうなのです」

どうやら、帰国は決定事項のようだ。

フリオとしては、オルタンスに対して思うところはない。最初こそリゼットの『初恋の人』の話を広めたことで、面倒な女を連れてきたと恨みそうになったが、彼女のその後の対応は迅速だった。

内々に謝罪の手紙を貰っているし、彼女は積極的にリゼットを止めようと動いている。それでも止まらないリゼットには愕然としているが……

そんなオルタンスの評判は、学園内でも悪くない。むしろ、同情的な目を向けられている。

オルタンスがリゼットに注意している姿が度々見られているのだ。それでも止まらないリゼットを、生徒達は異世界の生物を見るような目で見ている。

ここでオルタンスがリゼットに何らかの力を行使しても、仕方ない、もしくは、良くやったで済まされそうなほどだ。そこまで評判を落としているリゼットが、ある意味恐ろしい。

「正直、王家からも苦情を入れられるものなら入れたいんだが、それをすると国際問題になるからな」

「それはやめておいたほうが良いでしょう」

レオンの言葉にフリオが首を横に振ると、彼は安堵したように小さく息を吐いた。

「私としては、事が穏便に済むことを願っています。ブランドン家はもちろん、ベルクハイツ家か

らもフォルジュ家には苦情を入れていますので、そう長引くこともないでしょう。ベルクハイツ夫人は、最長でもこの学期内に片が付くだろうと言っていました」

自分としてはもう少し早く収束してほしいが、と苦笑しながらフリオが肩を竦めたところで、レオンが少し身を乗り出す。

「ベルクハイツ家のほうは、今回の件をどう捉えているんだ?」

これが、今回一番聞きたかったことなのだろう。

「まあ、迷惑だな、と、それくらいですね。オルタンス様に何か思うようなこともないですし、アレッタはリゼット嬢に何度も注意している姿を見ていますので。……こう言うと失礼かもしれませんが、同情的です」

出身国が一緒だというだけで、あんな問題児の面倒を見ないといけないなんて大変だよね、というのがアレッタの感想だ。良くも悪くも興味が薄いのである。しかし、そういった印象が悪くないという言葉が欲しかったレオンとオルタンスは、少しホッとした様子で肩から力を抜く。

「リゼットに関して何かありましたら……いえ、何もなくてもどうぞ頼ってくださいませ。心底嫌だと思われましたら、どうにかいたしますわ」

穏便に済ませたいなどと言っていられないようであれば、実家の権力をフル活用して強制送還させるとオルタンスは宣言する。

「それは頼もしいですね」

それを受け、フリオはにっこりと笑みを浮かべたのだった。

第七章

フリオとアレッタがそれぞれのお茶会を終わらせた翌日から、雨が続いていた。

なかなかやまないね、とアレッタは友人のマーガレットと窓から空を見上げる。

そんな、しとしとと雨が降る、ある日のこと。

アレッタはとうとうリゼットに接触を許してしまった。

時刻は放課後。授業があるからという言い訳は使えず、人はまばらで助けてくれる知り合いも見当たらない。一応用事があるから、とは言ってみたものの、少しで良いから、と言われ断れなかった。

最近地雷女として有名になりつつあるとはいえ、リゼットは一応他国の留学生である。少なからず気を使わなければ、何かの折に国際問題になりかねないのだ。

まあ、態々学生同士のいざこざでベルクハイツを攻撃するような、奇特な人間がいるとは思えないが……

どちらにせよ、相手をしなくてはならなくなり、これは詰んだなとアレッタは遠い目になる。一方、リゼットは見た目はおずおずと、けれどその目だけは爛々と光らせて話しかけてきた。

「アレッタさん、私、貴女とずっとお話がしたかったの」

「はあ……、そうですか」

まばらにいた生徒達が、やっべ、地雷女と最終兵器だ、とさらに散っていき、遠くからこちらを

うかがう気配を感じる。

帰りたいなー、関わりたくないなー、という内心を隠しもせず、堂々と表情に出しているアレッ

タを気にもせず、用件を切り出したリゼットのメンタルは鋼——否、きっと神経が通ってない。こ

れが本当の無神経だ。

「あのね、フリオ様のことなんだけど、やっぱり権力を使っての婚約は良くないと思うの」

「はあ……」

彼女の中で何が起きてベルクハイツ家が権力に物を言わせてフリオと婚約したということになっ

たのか、本当に謎である。

「だから、フリオ様を解放してあげてほしいの！」

「はあ……。あの、解放とおっしゃいますけど、フリオは元々私と婚約する予定だったんです。け

れど、とある方々から私に別の婚約の話が来て、私達の仲は引き裂かれたんです」

気のない返事をしつつも、せっかくなので、アレッタはほぼ事実な話をしてみることにした。リ

ゼットがどういう反応をするのか気になったのだ。

果たして、嘘だと決めつけるのか、ちゃんと裏取りをするのか……。

平和ボケした前世を引きずるゲーム脳患者が、この魑魅魍魎が跋扈する貴族社会にきちんと順応

できているかどうかで、彼女への対処の難易度が変わるのだ。

「だから、私達の今の状態は、元の鞘に収まっただけなんですよ」

そう言うと、リゼットはポカン、とした表情になる。どうやら、アレッタの言葉は彼女の脳に届いたようだ。

「……え？　けど……、そう、だけど、彼には他に好きな人がいるのよ。彼を縛るのは良くないわ」

少し混乱したふうに、それでも都合の良い事実が欲しいのか、リゼットはおそらくゲーム上の情報を引っ張り出し、反論してきた。

「その好きな人って誰のことですか？　名前は？　どこの家の方ですか？　少なくとも今、私と彼は愛し合っています」

正直、愛云々と言うのは恥ずかしかったが、事実である。アレッタはフリオに愛されている自覚があった。

しかし、彼女のその言葉に、リゼットは何故か調子を取り戻す。か弱い令嬢のように目を潤ませた。

「可哀想に……。アレッタさん、貴女は知らないのね。フリオ様はずっと昔から好きな方がいらっしゃるのよ」

それを聞き、アレッタは、それは自分のことだな、と気づく。

フリオはアレッタにその想いを告白した時、ずっと昔からアレッタのことが好きだったのだ、と並々ならぬ執着を湛えた目をしていたのである。

故に、アレッタは動揺を見せなかったのだが、リゼットはそれを悪いほうに受け取ったらしい。

「どうしてそんな顔をしていられるの？　彼には他に愛する人がいるのよ？　……やっぱり、貴女にはフリオ様の意思などどうでも良いのね……」

その余裕を、フリオの意思は関係ないという、実に『悪役』らしい思考によるものだと勘違いし、アレッタを責めた。

「やっぱり、そんなの間違っているわ！　フリオ様の意思を無視して無理やり婚約するなんて！」

「いや、してませんけど」

アレッタは真顔で否定するが、リゼットの言葉は止まらない。

「アレッタさん、フリオ様を解放してあげて！」

舞台映えしそうな大きな身振り手振りで叫ぶ姿は、最早一人芝居である。傍から見ていて、とても痛い。

結局何を言っても同じところに戻ってくる話に、こちらが何を言おうと彼女の作った筋書きから外れるつもりが欠片もないのだと、アレッタは察した。

あの日——レーヌとリゼットが言い争った日に、この地が乙女ゲームの続編の舞台ですらなく、『原作』のストーリーが既に崩壊し、『ヒロイン』も『攻略対象』も、それらを退けた『悪役令嬢』ですら痛い目に遭っていると知らされたはずなのに、何故リゼットは己の筋書き通りに事が運ぶと信じ切れるのか。本当に理解できない。

アレッタはまじまじとリゼットを見て、言う。

「あの、頭は大丈夫ですか？」

「は?」

　アレッタの言葉にリゼットは一瞬不愉快そうな顔をしたが、すぐにウルウルと目を潤ませ、「ひどい……」と言って駆け去る。

　酷いのはお前の頭だ、と思わず呟いたアレッタに、こっそり二人の様子をうかがっていた野次馬達は、ソウダネ、と頷いた。

　　　＊　　　＊　　　＊

　アレッタはリゼットと接触したその日のうちに、それをフリオに伝えた。

「あー……。そうか、分かっちゃいたが、本当に思考回路がオメデタイお嬢様みたいだな。　俺の情報も持ってるくせに、どうも中途半端というか、一番大事な部分を知らないというか……」

「うん。それに私は知らなかったけど、フリオが私の最有力婚約者候補だったことは調べれば分かることでしょう?　一応、リゼットさんにその情報を落としておいたから、裏取りをするか見ておこうと思って」

　アレッタのその言葉に、彼は遠い目をする。

　将来ベルクハイツの伴侶として内政を担当する予定のフリオとしては、情報の裏取りをするのは当たり前だ。それをしないであろうリゼットに、嘘だろ、と愕然とする。

　彼女はフリオの『愛する人』についてあちこちで言いふらしている癖に、その『愛する人』が誰

90

なのかということを調べた形跡がない。少し調べればアレッタに行きつくというのに、それをせず、フリオの愛するアレッタに、彼には他に『愛する人』がいるなどと頓珍漢なことを言うのだ。

「だが、裏取りしないような気がするんだよな～」

「私もそんな気がする」

二人揃って溜息をつき、今後のことを相談する。

「正直、ベルクハイツ的にはフォルジュ家って面倒なのよね」

被害を受けたのが子爵家のベルクハイツではなく王族や高位貴族なら、色々と面倒なことになっても最終的に国単位で美味しい条件をもぎ取れるだろう。しかし、ベルクハイツはウィンウッド王国で重要な地位に就いているとはいえ、結局は子爵家なのだ。国内ならまだしも、国外では、その影響力が落ちてしまう。

国に訴えれば力を貸してくれるだろうが、婚約者が令嬢に付き纏われているだけという現状で、それをするのは、いささか大袈裟だ。

そこでベルクハイツは、独自に慰謝料を毟り取りに行っているのである。

そもそも気質的に、ぐだぐだ争い続けるのは苦手な一族なのだ。

ごめんなさい、どうぞ原因をお殴りください、と差し出されたら、よっしゃ一発で許してやろう、と一発かましてスッキリ終わる人間しかいない。まあ、裏で伴侶が何かしら毟ってはいくが。

「他国が関わるし、ベルクハイツは基本、領地に籠るからな……」

「私、考え直したんだけど、これ、まともに相手しなくても良いよね？ 学園の生徒はリゼットさ

んを地雷女だと知ってるし、彼女が何か仕掛けても、腕力的なことなら私は負けない」

「そうだな。何か良くない噂を撒かれても、情報源がリゼット嬢だと誰も信じないだろうしな。む

しろ、広まるのはリゼット嬢の悪い評判になりそうだ」

フリオが疲れたような顔で言う。

「気になるのは、どうして俺のことを知っていて、プライベートな情報までつかんでいるかなんだ

よな」

「あ〜……、フィナンシェが好物なところとか?」

「そうなんだよ。俺、甘いものが好物なのは一応、隠してたんだぜ? 知ってるのは実家の一部の

人間か、ベルクハイツ家の人達だけだったんだ。しかも、調べてみたらリゼット嬢は今まで国外に

出たことはないし、俺は国外に出ても、リゼット嬢が行きそうな所に行ったことはない。だいたい、

他国まで届く実績だって一つもないのに、一体、どこで俺のことを知ったんだか……」

まさか、前世の乙女ゲームからですなどとは言えず、アレッタは微妙な気持ちで彼の言葉を聞い

ていた。

「まあ、リゼット嬢はろくな情報を持っていないようだったし、それも中途半端なものばかりだ。

放っといて良い。ただ、疑問なんだよな」

「ああ、そういう……」

もしかすると、フリオがアレッタにリゼットと接触するなと言っていたのは、それも原因の一つ

だったのかもしれない。

確かに、伝手などなく、それを作る能力すらなさそうな見ず知らずの人間が、「己のことを知って

いるのは不気味だろう。この世界は情報が溢れる前世の世界とは違うのだ。

「どうも、得体が知れないんだよな……」

「でも、脅威ではないと思うの。何というか、真面目に相手をするに値しない感じかな。まあ、面

倒そうな人だから引き続き接触は避けるけど、今までみたいに全力で逃げ回るのはやめても良い？

適当にあしらっておけば良いような気がするのよね」

「あ～……」

フリオは、アレッタのやる気が削がれているのに気づき、暫し悩んだ後、頷く。この分ならリ

ゼットの顔の形が変わることはないだろうと判断したらしい。

顔の形が変わるようなことはしないと言っているのに、それについてだけは信用されていないと

は知らぬアレッタである。

傾国を娶った当主の残した実績が、インパクトがありすぎるのだ。

「まあ、そうだな。リゼット嬢の回収には時間がかかりそうだし、適当にあしらっとけ。相手にし

なければ、あっちもそのうち飽きるかもしれない。絡まれ続ければフォルジュ家にクレームを入れ

る頻度を上げられるし、その分リゼット嬢を回収してもらえる期間が短くなるからな」

いざとなればオルタンスに頼もう、と回収してもらう気満々でフリオがそう結論付け、アレッタ

もその言葉に頷いた。

＊＊＊

そうしてリゼットへの対応を決めた二人だったが、その後、アレッタに彼女が接触してくること
はなかった。何故なら、その翌日から、一か月後に行われる文化祭の準備に追われることになった
からだ。

ウィンウッド王国の国立学園の文化祭は、二日間の開催となる。一日目は生徒だけで行い、二日
目に招待状を送られた来賓が迎えられる。

この招待状は生徒の家族のみに渡すことが許されるもので、つまるところ、ちょっとした授業参
観じみた意味合いを持っていた。

しかしながら、この来賓に関しては侮れない。有力貴族の家族が来る可能性があるのだ。生徒た
る我が子をだしに、ちょっと顔をつないでおきたい、と考える親もいる。

文化祭の警備は王城の舞踏会レベルの鉄壁さを誇り、教師や役員達は神経を尖らせてもいた。

そんな文化祭の内容は工夫を凝らしたものとなる。

まず、三年生は個人とクラス単位の研究発表をする。クラスの発表は毎年同程度のクオリティと
なるのだが、個人のものにはバラつきが見られた。それは、将来就く職への違いがあるためだ。

研究職へ進む者は、この文化祭の発表が内定を決める基準の一つとなり、場合によっては、パト
ロン候補の大貴族へのアピールにもなるのだ。いつの時代も、己の領を富ませる者を領主は欲し

94

がっている。
　一方、こうした研究発表にあまり力を入れていないのが、そうした分野に進まない者達である。
　彼らはサポートに回ることが多い。
　そして二年生は、クラス毎に物品を販売する。それは食べ物だったり、領地でできた新しい何か
しらだったりするが、これがまた物珍しく、目新しいものが多いので人気があった。
　一年生はくじ引きで出し物が決まる。この出し物は比較的簡単で、一年生はとりあえず初めての
お祭りを楽しんでおけ、といった具合なのだ。
　つまり、一年生のアレッタには余裕があるが、二年生のリゼットには態々アレッタに解放攻撃を
しに来る余裕がなかった。
　さしものリゼットも、自領の特産品や商品の宣伝になる文化祭へやる気を燃やしている面々の目
を掻い潜り、割り振られた役割をサボることはできなかったのである。
　そんなわけで、アレッタは文化祭の準備期間中、平和に過ごした。もっともフリオは、時間の合
間を縫って突撃されていたらしいが……
「最早、執念よね」
「とっとと諦めてくれねーかなー……」
　文化祭の準備期間は、本当に忙しい。比較的余裕がある一年生は、先輩方の忙しさに「あれが来
年の自分達の姿……」とゴクリと息を呑んでいる。
　その忙しさで、アレッタとフリオが顔を合わせる機会も、朝の鍛錬と朝食時だけになってしまっ

ていた。

フリオ達騎士科の三年生は、王城から派遣される騎士や兵に交じって警備に回されるため、打ち合わせや正騎士による訓練を行っているらしい。ある意味、職場体験だ。

そんな貴重な時間を大事に、アレッタとフリオは今、共に朝食をとっていた。

「警備ってどんなことをしてるの?」

「それは言えないな。守秘義務、ってやつだ」

なるほど、そりゃそうだ、とアレッタは頷く。

「まあ、アレッタは分かってると思うが、この警備の巡回ルートや警備の詰め所、来賓の人数、来賓名は絶対漏らしちゃならないことだ。けど、学生ってことで気が緩んで、警備のアレコレを外に漏らす奴がいるらしいんだよな。今回、それを厳しく詰め込まれたぜ」

過去、不用意なことを仕出かした生徒のせいで、来賓の上位貴族の命が狙われたことがある。そうした事例を持ち出し、厳重注意を受けたのだという。

「そういや、アレッタのところは確か、二日目にグレゴリーさんが来るんだろ?」

「うん。マデリーン様に会いに来るんだって」

アレッタの発言で、周囲の時が止まった。

来賓の情報を漏らすのはよろしくないことだが、相手はベルクハイツの四男坊である。これを狙う馬鹿はいない。

「そうか。そうなると、今年の二日目はベルクハイツ在学期間中扱いになるな」

「何それ?」

首を傾げるアレッタに、フリオが説明する。

「ベルクハイツ家の人間が学園に在学中は、裏社会の人間が挙って学園を避けるらしいぜ。代々ベルクハイツ家の人間に痛い目を見てきたからな」

「ふーん、そうなの? ……ん? 二日目は、って、もしかして私は除外されてる?」

「まあな」

アレッタの場合、見た目が本当に普通の令嬢にしか見えないので、ベルクハイツのあの強烈な力と結びつかないのだ。

「一族始まって以来、初の娘可愛さで当主に据えたと勘違いしている馬鹿が多いんだよ」

「えー……」

ナニソレ、と顔を歪めるアレッタに、フリオが肩を竦めた。

「多分、近日中に裏では、グレゴリーさんが学園に来ると広まるだろうな。これで面倒な奴の侵入が減ってくれれば俺達警備は嬉しいぜ」

「うわぁ……」

まんまと未来の義兄を利用した彼に、アレッタは微妙な顔になる。

「この学園の警備って、そんなに大変なの?」

フリオはそれには答えなかったが、スッ、と目から生気が失せたことで、相当面倒なのだと察した。

「生徒の中に正騎士の本家筋の奴がいて、融通を利かせろとか、ちょっと訳の分からんことを言って計画が組めなかったり、対立する家同士のいざこざがあったりな……」

問題が爆発している。

「うわぁ……」

「これ、毎年のことらしいぜ。だから、侵入者が少しでも減ってくれるのは、本当に有り難いんだとさ」

ベルクハイツ在学中で、それが騎士科の人間だったら、さらに楽になるそうだ。そりゃあ、ベルクハイツの人間が睨みを利かせていれば、面倒なことを言い出す人間は格段に減る。

しかし、アレッタもベルクハイツの人間だというのに、父や兄達と違って侮られている現状には少々不満がある。

「私も裏の人間を少しは狩るべき?」

「絶対にやめろ!」

ぎょっとしたフリオに強い口調で止められて、彼女は不満そうに口を尖らせた。

第八章

裏の人間を狩るのをフリオに止められた——それがフラグだったんだなと、後にアレッタは思った。

文化祭に向けて慌ただしいある日のことである。

彼女の目に留まったのは、文化祭の準備のためにやってきた業者の一人だ。

見た目は中肉中背で、特に目立つところのない、普通の男。

しかし、その気配は一般人にしては静かすぎた。そんな気配を持つのがどういう職種の人間か、アレッタは実家で叩き込まれている。

故に、アレッタはその男に近づいた。

「あの〜」

男は、ごく普通の令嬢にしか見えないアレッタの接近に気づき、「はい、なんでしょうか？」とにこやかに返す。そこに警戒心はなく、油断が生じていた。そのせいでアレッタが起こした行動に、男は己の本性を出してしまう。

にこにこと笑みを浮かべるアレッタは、突然、極大の殺気と共に拳を繰り出した。

「っ!?」

彼はそれをギリギリで避け、バックステップをしてアレッタとの距離を取ったのだ。その体捌き
は、明らかにただの業者の動きではない。

「うん、やっぱり一般の方ではありませんね。何処のどなたですか？」

にこにこと微笑むアレッタに、業者を装った裏社会の男は表情を消した。彼の頭に浮かぶのは、

反撃か、それとも逃走か。

いずれにせよ、ここにフリオやローレンスがいれば、揃って首を横に振っていただろう。もう手

遅れです、と。

「答えてくれませんか……。じゃあ、仕方ないですよね！」

何故か楽しげなアレッタの声が、男の耳に届いた瞬間——彼の頬に激痛が走った。

体が宙に浮き、壁に叩きつけられる。

あまりにも一瞬すぎたせいで、男は我が身を襲った出来事が理解できず、混乱した。そんな男の

頭の中に、アレッタの声が響く。

「なるほど、これが例の外部からの侵入者……。文化祭の準備期間にも入ってくるのか……。まあ、

下見、ってところなのかな？」

彼女は男に近づくが、その呟きは段々と遠くなっていく。何故なら男の意識が遠くへ飛んでいっ

たからだった。

＊
＊
＊

100

それは、フリオとローレンスが文化祭の警備計画について確認している時のことだった。

今は一教師ではあるが、元は騎士科の生徒であったローレンスは警備へ回され、毎年騎士科の生徒達と共に頭を悩ませている。

「――一日目は単純に見回れば良いが、二日目は外部の人間がお供付きでやってくるから面倒でなぁ……」

「そうなんですよね。何というか、主人とはぐれて一人でいるお付きとかより、貴族とそのお付き、みたいに何人かで組んで、何食わぬ顔でいられると見逃しやすいようですね」

手を替え品を替え、毎年裏社会の人間が学園に潜り込むのだが、これまで大事になったことはない。

「いつも小さい失態が何かしら出るし……」

「ああ……、空き教室での浮気だの、不倫だのの発覚ですか……」

「一体何がどうしてそうなったのか、人気のない教室で盛り上がる男女が発見されることがあるのだ。それが一度や二度ではないのだから救えない。来賓同士だったり、来賓と生徒だったりするのだが、不思議なことに婚約者同士や恋人同士ではなく、人目に触れるのは必ず不実な関係を結ぶ者だった。

「あれ、明らかに罠にかかってますよね」

「そうだな。まあ、自業自得だし、人命に関わらなきゃ些事だ」

呆れて溜息をつくフリオに、学び舎で何をしてやがるとばかりに嫌そうな顔をした教師ローレンスは吐き捨てる。

「俺の在学期間中にもあってな……。バーナードがうっかり大騒ぎして……」

「えっ」

遠い目をする彼に、フリオがぎょっと目を見開く。

「純粋に女生徒が襲われていると勘違いしたらしく、合意の上と知って物凄く驚いていたよ。それなりに仲の良い婚約者がいるはずの女生徒と、家庭持ちの責任ある立場の紳士が学園で不埒な行為に及んでいたのだと分かると、すごく不思議そうな顔をしていてな……。奴は二人に軽蔑の目は向けなかったが、ただただ純粋に不思議そうな様子で、二人は随分いたたまれなそうだったな」

「うわぁ……」

きっと子供みたいな純粋な目で、何でそんなことをしたの? と言わんばかりの表情をしていたのだろう。ベルクハイツ家の無邪気な脳筋を知るフリオには、その光景が目に浮かぶようだ。

「人によっては軽蔑されるよりキツイ……」

「実際、打ちのめされていたぞ」

結局、評判を著しく落としたその女生徒は修道院行きとなり、紳士は息子に当主の座を追われたそうだ。

「乗り込んでくる裏社会の人間は、物騒なのから、そうした地味な罠を仕掛ける奴まで様々だから、気をつけなければならないのは、貴族間の小競り合いだ。裏社会の人間だと思ったら、

貴族のお供でした、というオチがついたこともある」

そうなるとさらに面倒なんだと、ローレンスは疲れたように溜息をついた。

「みみっちい嫌がらせ目的だったとしても、中途半端に権力がある奴だと難癖付けてくるしな。話術で上手く切り抜けて、早々にお帰りいただかなきゃならん」

物凄く大変なんだよ、と遠い目をするローレンスに、フリオはうわぁ、と呻く。

「騎士科の生徒は二年の時も警備に配置されるだろう。噂とか聞かなかったか?」

「去年は特に聞きませんでしたね。そりゃ、多少のトラブルは耳に入ってきましたが、派手な大捕り物や裏の人間のことばかりで、そういう貴族間の面倒なやり取りはほとんど出ませんでしたよ」

そうか、とローレンスは頷いた。

とりあえず時間帯によって人気が少なくなる場所をピックアップしていく作業を進めよう、と二人が話し合っていた時である。

「フリオ〜」

何やら、遠くからアレッタの声が聞こえた。

フリオはその声がしたほうへ視線を移し、ぎょっ、と目を見開く。

「あ、アレッタ、それは何だ!?」

「え〜? えっと、不審者を見つけたから、捕まえてきたの!」

にこにこと微笑む彼女の手には、気を失った男が三人ぶら下がっていた。

襟首を掴まれ白目を剥いて気絶している男達は、皆一様に頬を腫れ上がらせ、中には泡を噴いて

いる者までいた。それらを引き摺ってきたアレッタは、褒めて褒めてと言わんばかりの子犬のような笑みを浮かべている。

「最初は一人だったんだけど、ここに来るまでに増えちゃった」

「増えたって、お前……」

唖然とするフリオの横では、ローレンスが嘆くかのように両手で顔を覆い、絞り出すように呻いていた。

「バーナードの妹ぉ……」

かつての友の所業を彷彿とさせるその光景は、確かな血の繋がりを感じさせたのである。

＊＊＊

そんなふうに文化祭準備は様々な問題を乗り越え、どうにか無事に終わった。

様々な問題の中で、燦然と輝き目立っていたのは、アレッタによる裏社会の人間狩りだろう。

それは、別に彼女が狙ったのではない。どういうわけか、彼らはアレッタの前にうっかり現れてしまうのだ。そして、放っておくことができない彼女に、サクッと狩られていくのである。

実のところ、裏社会でもちゃんとアレッタに関する外見詐欺の注意喚起の情報が流れていた。しかし、結局アレッタのベルクハイツらしからぬ、普通の令嬢にしか見えない外見のせいで気づけず、次々に狩られていくのである。

お陰様でアレッタは、ベルクハイツの中で最も裏の人間と相性の悪い人物として扱われるようになった。

「何と言うか、危険物の如き扱いだな」

「ははは……」

ローレンスの言葉に、フリオは遠い目で空笑いを返す。

見事なフラグの回収に、最早笑うしかない。

やはりベルクハイツはベルクハイツでしかなかった。そんな言葉がその筋の人間の間に流れていると聞いた時、婚約者として複雑な心境になったものである。

それはともかく、波乱の準備期間を終え、遂に文化祭の開催が明日に迫っていた。

現在、フリオはローレンスと共に最終確認のために現場巡りをしている。

「――それで、そんな目立つ行動をしていたベルクハイツの人間の婚約者であるお前に、フォルジュはまだ付き纏っているのか？」

「付き纏ってきますね。最近では、まさか手柄を捏造するなんて、とか言ってましたよ。どうして、そんな発想に至るのか……。生存本能までおかしくなってますよ、あの令嬢は」

心底理解できないとでも言いたげな顔をするフリオに、ローレンスは苦笑する。

「フォルジュは本当によく分からんな。お前にベルクハイツ以外の『愛する人』がいるとか言っているらしいが、その誤解は解けないのか？」

「一応、説明したんですが、無理でした。最初から最後まで俺の惚れている女はアレッタだって

言ったんですよ。ですが、リゼット嬢の脳内では良いように改竄されるみたいで、その『愛する人』とアレッタが繋がらないんですよ」

一体何をどう曲解したのか、リゼットにとってアレッタは、フリオを無理やり婚約者の立場に縛り付ける悪女なのだ。どう説明しても、彼女の思い込みは解けなかった。

「ブランドンは実に面倒な相手に目を付けられたな」

「本当に厄介ですよ。すみません、今回の警備にも気を使っていただいて……」

フリオの言葉に、ローレンスは気にするな、と首を横に振った。

今回、リゼットが所構わずあまりにも絡んでくるため、警備中に付き纏われたら危ないと、フリオは裏方の仕事に回されたのだ。

「実際、正騎士になった後、こうした厄介な女性に絡まれるという事態もなくはないんだ。そんなことがあると、パーティーの警備などではその人物が入り込めない場所に配置されるようになる」

同じ措置を取っただけだ、とローレンスは当たり前のように答える。

あの無邪気な脳筋が絶対の信頼を置くわけだよなぁ、とフリオはローレンスの胃にダメージを与えそうなことを考えた。

「まあ、今年は余程の馬鹿以外は裏の人間が来ないだろうことが救いだな」

「あー、そうですね……」

最早、アレッタは裏社会において『会ってはいけないあの人』という怪談の如き扱いをされている。

106

「明日は生徒だけですし、明後日の来賓にはグレゴリーさんがいますから、被害が出るなら人的なものより、壁とか窓とかが割れる器物破損になると思いますよ」

「そうだな。まあ、バーナードがいた時みたいに、校舎の一角が崩れることにならなければそれで良い」

ふっ、と生気の失せた目をして遠くを見つめるローレンスに、フリオはぎょっとする。

「えっ⁉ ……崩れたんですか?」

「崩れたぞ。裏社会のとんでもない馬鹿が来てな、悪あがきに自爆特攻しようとしたもんだから、バーナードが焦って柱を一本折ってしまった。そこから崩れてな……」

文化祭の終わり頃だったからまだマシだったが、やはり大騒ぎになったらしい。

「ベルクハイツに言っとけよ、って。あの崩れた一角の修繕費は、結局半分、ベルクハイツが支払う羽目になったからな。バーナードを叱りに乗り込んできた夫人の迫力ときたら……」

激怒した傾国の美女なんて見たくなかった、と言うローレンス。フリオはふるり、と身を震わせた。

「何事もなく、終われればいいな」

そう言って、ローレンスは話を締めくくる。

しかし、そのいかにもな言葉をとある世界ではこう呼ぶのだ。

フラグが立つ、と。

第九章

とうとうやって来た文化祭一日目。

アレッタのクラスは飲食物の販売をしており、カフェもどきを開いている。ただし、この文化祭限定のカフェもどきは、アレッタのクラスだけで行っているのではなく、二クラス合同だ。

加えて、何故『もどき』なのかと言うと、店の形式がケーキバイキングのように客が自らの手でケーキやサンドイッチを選び、皿に盛るためだ。店員がするのは、席への案内、紅茶のサーブ、皿の回収、そして会計のみ。客は一定額を支払えば、設定された時間内で好きなだけケーキやお茶が楽しめるのだ。

だが、この世界にはバイキングなどに該当する言葉がないため、今回の催しはカフェと称していた。

この二クラス合同の飲食物の販売は、一年生が行うのが伝統で、先輩方は自分が一年生の時を思い出し、後輩達を微笑ましく見守ってくれている。

一年生は全部で四クラスあるのだが、残りの二クラスもまた、合同で飲食物の販売を行っている。アレッタ達のクラスは開放されたテラスと空き教室の一室を使っており、客足はそこそこのものだ。

今回は、ケーキやサンドイッチの製造を外部に頼み、それの手配を高位貴族の子弟と令嬢、一部の商人の子が担当した。彼らはそうした手配をすることで店員を免除されている。従って下級貴族や特待生枠の生徒達が、店員を務めることになっていた。

アレッタもまた店員組に回されたが、彼女の当番は一日目だけである。二日目は、招待された来賓が来るからと一日目に回されたのだ。

それが意味するところはただ一つ。

どうぞ、一狩りしてきてください、ということだ。

何を狩るかは言うまでもない。来賓や生徒を狙う不届き者である。

今までも業者を装い学園に侵入した者がいたが、何か行動を起こす前に全てアレッタに狩られた。

もちろん、こうした侵入者は毎年いるのだが、今まで生徒に被害が及んだことはない。貴族の子弟や令嬢、果ては王族まで預かるが故に、ここのセキュリティレベルは王城のものと引けを取らないのだ。

それでも侵入されてしまうのは相手が巧みだからであるが、それらが直接的な行動を起こそうしない程度には、整備されている。行動を起こせば必ず捕まり、死が待っていた。

そうした警戒がどうしても甘くなるのが、文化祭なのだ。

安全のために来賓の招待はやめるべきだという声もチラホラ聞こえるものの、これまで続いているのが答えである。

さて。そんなわけで、アレッタは文化祭の二日目に放流されるのが決定されているのだが、兄の

グレゴリーまで乗り込んでくるこの祭りに、果たして不届き者は出るのだろうか？

ベルクハイツが二人もうろつく学園に現れるなど、正気の沙汰ではない。

そんなことを考えながら、アレッタは紅茶のサーブをしていた。サーブ先は、休憩時間中のマデ

リーンと、その友人であるエレーナだ。もう一人の友人であるフローラは、現在当番中であるら

しい。

「あら、この茶葉美味しいわね」

「アレッタの腕も見事だわ」

マデリーンが目を瞬かせ、エレーナがにっこりと笑う。

「ありがとうございます。その茶葉はベールヴァン領の新作茶葉で、リッツ商会で取り扱っていま

す。ご購入をご希望でしたら、会計の際に言っていただければ、近日中にリッツ商会がお届けいた

します」

「あら、そうなの？」

「そうねぇ。折角だし、頼んでみるのも良いわね」

現在、このような会話があちこちでされている。

今回、クラスメイトに有名商会の子息がいたため、ケーキやサンドイッチ、茶葉などを安値で卸

す代わりに、宣伝をすることになったのだ。

家や領地の商品の宣伝は、この文化祭の習わしである。ちなみに、今回のアレッタはベルクハイ

ツ領の宣伝をしない。

110

「そういえば、アレッタはもう見たかしら？　アルベロッソ領の職人がカットしたクリスタルドラゴンの裸石を」

「あ、はい。準備中に、ちらっと見せていただきました」

エレーナの言葉に、アレッタが頷く。

今年のベルクハイツ家の宣伝は、マデリーンの実家であるアルベロッソ家と合同で行うことになっているのだ。

「クリスタルドラゴンって、夢みたいに美しいのね。虹色に輝いていたわ……」

「ふふふ。ベルクハイツ領で狩られたものを、婚約のお祝いにと優先的に買い取らせていただけたのよ」

エレーナがうっとりと溜息をつき、それにマデリーンが微笑む。

「クリスタルドラゴンはおそろしく硬くてカットが難しいのだの。我が領の熟練の職人なら問題なくカットできるわ。今回はカットした一カラットの裸石を持ってきたの。あの存在感ですもの、きっとその十分の一のカラットのものでも十分持ち主を美しく見せるでしょうね」

彼女がアルベロッソ領の職人達が手掛けたアクセサリーとベルクハイツ領の魔物素材から削り出した宝石を数点展示したのだ。中でもクリスタルドラゴンから削り出した裸石は今回の目玉である。

こうした高価なものは特別室にて厳重な警備のもとに展示されているので、マデリーンの仕事はあまりない。二日目は問題なくグレゴリーと文化祭を楽しめる。

「マデリーン様、明日は兄をよろしくお願いいたします」

「ふふ、任せてちょうだい」

マデリーンの楽しげな声音にアレッタは安心して微笑み、他のお客様へ紅茶をサーブするために仕事へ戻った。

その際に視界の端にチラ、と映ったものがあったが、彼女は速攻で視線を逸らす。

アレッタは、見ていないのだ。

そう、サーモンピンクの髪の少女——リゼットなど見てはいない。

彼女が一言言ってやらなきゃ、とばかりにこちらへ突撃しようとし、寸前でオルタンスに捕獲されて連行されていく光景など!

見ていないったら、見ていないのだ。

＊＊＊

さて。アレッタはクラスで紅茶のサーブ係という仕事に勤しんでいたが、その婚約者であるフリオは警備の裏方仕事、情報が集められる本部の奥に詰めていた。

本来ならば彼も外回りや定位置での警備に配置されるはずだったのだが、リゼットに付き纏われている状態では邪魔になる。仕方なく、入ってきた情報を纏め、それを上司に報告し、さらにその情報を必要としているであろう人員に渡すという作業をしていた。

なお、これは本来正騎士がする仕事であり、学生には難しい。それを難なくこなすフリオは、正

112

騎士達からウチに欲しいという熱烈な視線を送られている。

大騒ぎにならないのは、ローレンスの「ベルクハイツの伴侶になるんだから、当然だろう」という言葉があったからだ。

「先生、ベルクハイツの伴侶って、あんなに優秀なんですか?」

「当たり前だろう。月に何度も魔物の反乱が起きる地域だぞ? 処理することが多すぎるクソ忙しい場所だ。そんな土地の当主代理で内政を任せられてるんだ、相当な切れ者じゃなけりゃ手が回らなくなるぞ」

学園の卒業生である若い正騎士がローレンスに尋ね、すぐに返される。その回答に、なるほど、と頷きながらも。彼は首を傾げた。

「いや、けど、アレッタ嬢の前の婚約者のルイス・ノルトラートはもっと普通でしたよ? 仕事はそれなりにできるほうでしたが、あそこまでじゃなかった」

そんな台詞に、ローレンスは書き物をしていた手を止め、正騎士を見つめる。

「そうなのか?」

「ええ。全体的に優秀ではありましたが、それでも中の上、といった具合でしたね」

まあ、その後にやらかしたことでその評価は奈落に落ちたが、と肩を竦める正騎士に、ローレンスはなるほど、と呟く。

「そうか。そんな評価をされる程度じゃ、あの騒動がなかったとしても、いずれは婚約を解消されていただろうな。あの土地では伴侶の力も重要なんだ。最低でも今のブランドンくらいの力がなけ

「りゃ、現状維持もままならない」

「そうなんですか……」

うへぇ、と呻く正騎士に、ローレンスは無駄口叩いてないで仕事へ戻れと手を振った。

その話を周りで聞いていた者達は、じゃあ、歴代当主夫人って、アレ以上なの？ と愕然とし、猛烈な勢いで仕事を捌くフリオを見る。

その後暫くして、昼食の時間になった。

噂の次期ベルクハイツ家当主、アレッタが差し入れを持って現れる。

あれが外見詐欺か、と注目を集める中、彼女は軽食を沢山積んだ重そうなカートを一人で軽々と押して室内に入ってきた。

「一年生からの差し入れです」

「ああ、ありがとう」

カートごと引き渡されたそれは、ずっしりと重い。アレッタのような体格の女子では、普通は苦労するはずなのだが、平気な顔をしていたということは、つまり、そういうことである。

あの細腕にヤバイ筋肉が詰まっていたと察した正騎士達は、粛々と差し入れを検査した。何も仕込まれていないと確認してから、警備を纏める長である騎士団長が休憩を告げる。騎士達は事前に決めていた順に仕事の手を止め、それに手を伸ばし始めた。

差し入れの内容は鶏肉の照り焼きを挟んだサンドイッチと、BLTサンドに卵サンド、そしてトマトスープだ。

それぞれが舌鼓を打ちつつ、食べ終えた者からその場を去る。

そんな騎士達を見ながら、アレッタはそっとフリオに近づいた。

「フリオ、お疲れ様」

「おー、サンキュー、アレッタ」

取り分けた差し入れのサンドイッチとスープカップを差し出すと、彼は礼を言って受け取る。

「スープは根菜が入ったトマトスープだから、温かいうちに食べてね」

「おー」

そして、持っていた書類を遠くへ押しやり、目頭を揉みつつモソモソと食べ出した。

「仕事は大変?」

「んー、まあ、そこそこだな。予想の範囲内だ」

将来担うであろうベルクハイツの内政はもっと大変なのだから、これくらいで音を上げるつもりは、彼にはない。

それに、アレッタが以前言ったように、フリオには心強い相談相手がいるので、その将来を悲観してもいなかった。

「ん……。このスープ、うまいな。何処のだ?」

「スープはヴェッデ商会が出資してるレストランからよ。ほら、表通りに新しくできた赤い扉のレストラン」

「ああ、あそこか」

今度行こう、と話す婚約者同士の会話を聞いていた周囲の者達は、アレが次代のベルクハイツ、と珍獣を見るような目つきになる。もし、アレッタに彼らの思考が読めたら、そこはリア充爆発しろと思うところではないのか、と苦情を入れただろう。

そんな忙しい中の一時の和やかな空気の中。アレッタが、優秀な聴覚の捉えた音に一瞬身を固らせた。だが、何事もなかったかのようにフリオに紅茶を淹れる。

彼女の不自然な様子に気づき、フリオが尋ねた。

「どうかしたか、アレッタ?」

「いいえ、なんでもないの。気にしないで」

そう言って微笑む彼女に、フリオはそうか、と言って紅茶に口を付ける。

そうしてポツポツと話していると、正騎士の一人が提案した。

「ブランドン、お前ずっとここに詰めっぱなしだろう。休憩がてら少し周りを歩いてきたらどうだ?」

アレッタをチラ、と見ていたことから、少しの間でも婚約者と二人で過ごさせてやろうという粋な計らいなのだろう。

フリオはすぐに頷こうとする――しかし、それをアレッタによって遮られる。

「あの、お気遣いいただき、ありがとうございます。ですが、残念ながら今は障りがあるようなので……」

申し訳なさそうな彼女のその言葉に、フリオと正騎士は「障り?」と頭上に疑問符を飛ばす。

そんな二人に、アレッタは気まずそうに告げた。

「外から、リゼットさんの騒ぐ声が聞こえてきて……」

彼らはぎょっとして顔を見合わせる。正騎士が確認してくると言ってその場を離れた。

残されたフリオはアレッタを見つめ、「マジで?」と尋ねる。アレッタが苦々しい顔でそれに頷く。

少しして先程の正騎士が戻ってきた。

「本当にフォルジュ子爵令嬢が騒いでたぞ。差し入れを持ってきたから入れろ、とか言ってたな。

今、ルモワール公爵令嬢に回収してもらうために人を遣った」

何やらドン引きした様子の正騎士が、フリオに同情の視線を向ける。

それを聞いたアレッタがフリオのほうを見たが、彼はうんざりと盛大な溜息をつき、机に突っ伏して暫く動かなくなったのだった。

＊＊＊

差し入れのサンドイッチが全てなくなってから、アレッタはカートを押して仕事へ戻った。

そんな彼女を待っていたのはリゼットだ。どうやらオルタンスに回収された後、再び抜け出してきたらしい。

うげぇ、と最早隠そうともせずに内心を曝け出すアレッタに、どういう神経をしているのか、リ

ゼットは気の弱い令嬢が意を決して意見しに来ましたと言わんばかりに近づいてきた。

周りの人間もそれに気づき、戦々恐々と事の成り行きを見守る。

「アレッタさん。あの、ここ最近の噂を聞いたんだけど……」

「はあ……」

気のない返事をするアレッタに、リゼットは潤んだ目を少しだけ吊り上げた。その表情は怒っているはずなのに怖くはない。逆に見る者によっては愛らしく見え、これぞ『ヒロイン』といった表情だ。

しかし、アレッタには嘘くさい『女優の顔』に見える。

「貴女が、学園に侵入してきた不審者を捕らえたと聞いたわ」

「そうですか」

噂の内容は、ただの事実である。しかし、リゼットはそう思っていないようだ。

「アレッタさん、武勲の捏造は良くないわ！」

「は？」

アレッタが首を傾げるのと同時に、周りの人間も何を言っているのか分かりませんというふうに目を白黒させる。

ベルクハイツに武勲の捏造などあり得ない。

そんな周囲の様子に気づかず、リゼットはさらに言葉を重ねる。

「いくら当主にならなきゃいけないとはいえ、嘘の実績を作るなんて駄目よ！ ちゃんと自分の力

118

で足場を固めるべきだわ！」

「ええ……？」

アレッタは困惑も顕わに首を傾げるが、リゼットはお構いなしだ。

「確かに、お兄様が四人もいらっしゃるのに貴女に当主の座が回ってくるまでは大変な思いをしたんでしょうけど、これは間違っているわ！」

アレッタは、最早、絶句である。

どうやらリゼットの脳内は大変愉快なことになっているらしい。

その言葉の内容から推察するに、ベルクハイツ家では当主の座を兄弟で争っていたと誤解されているようだ。兄が四人いることを知っているのだから、それなりにベルクハイツ家について調べたことは分かるものの、何故その結論に至ったのかが理解できない。

言葉をなくしたアレッタをリゼットはどう受け取ったのか、諭すような声音で言い募る。

「向上心があるのは良いことだと思うの。けど、事実の捏造は駄目よ。自分の力で勝負しなきゃ、いつかきっと破綻する時が来るわ」

破綻も何も事実しかないので、そんな日は来ない。

しかし、果たしてそれを言って彼女が信じ、納得するだろうか？

リゼットが自分にとって都合の良いものしか理解しないことは分かっている。

アレッタは何かを言う気が削がれてしまう。

リゼットの説得をほぼ諦めている彼女は、兎にも角にもここにいられては邪魔になるし、割り当

てられた仕事ができないと困るので、帰ってもらおうと考える。

リゼットはアレッタ達のカフェに居座っているのだが、お金を払ってケーキを楽しむためにいるわけではなく、本当にただ居座っているだけなのだ。迷惑な客どころか、客ですらないのである。

できれば早急にお引き取り願いたい。

「そうですね。私も武勲の捏造はいけないことだと思います。それで、お話はそれだけでしょうか？　こちらにはお茶を楽しみにいらしたんですよね？　ご注文はどうなさいますか？」

アレッタの淡々とした問いかけに、リゼットの表情が歪んだ。二人の間に冷たい空気が流れる中、アレッタの視界の端、リゼットからは死角になる場所で、クラスメイトの少女がドアを指さす。彼女は声を出さずに「呼んでくるね」と口を動かし、外へ出ていった。おそらく、オルタンスを呼びに行ったのだろう。

アレッタが知るだけでも、オルタンスがリゼットを回収するのは三回目だ。オルタンスの苦労が偲ばれるというものである。

そんな、自国の公爵令嬢に迷惑をかけている子爵令嬢は、如何にも『善性ヒロイン』であると言わんばかりの仮面を被り、アレッタに絡む。

「アレッタさん、逃げないでちょうだい。これは、とても大切な話なのよ」

その言葉に、この人の顔面を割ったらダメかなぁ、と物騒なことを考えながら、アレッタはうざりしている内心を表情に出した。

できるなら、一発殴って全てを終わらせたい。きっと体感してもらえば、アレッタの武勲が捏造

ではないと分かるはずなのだ。

しかし、そんな思考を脳内でフリオが止める。

それは、想像の中の二頭身フリオだ。彼は必死に首を横に振り、ヤメルンダ、アレッタ！　と喚いていた。

わあ、フリオったら、随分可愛くなっちゃって、と遠い目をするアレッタは、多分疲れている。

こんな短時間でベルクハイツを疲れさせるなど、ある意味偉業だ。さすが地雷女リゼット、誰にもできないことをやってのける。

何やらキャンキャン喚き出したリゼットを前に、アレッタは利き手をぐっ、ぱっ、と握ったり開いたりして調子を確かめた。

うむ、良好である、と確認するが、残念ながら手は出せない。

相手は地雷女とはいえ、武力を持たない女性。武人たるアレッタが手を出してはいけないのだ。

アレッタの利き手の様子に気づいた人々が、やべぇ、潰れたトマトができるかもしれん、と戦々恐々とする。そこで遂に、地雷回収班が到着した。

「リゼット！　貴女、またご迷惑をおかけして！」

柳眉を吊り上げて怒るオルタンスにリゼットは一瞬嫌そうな顔をしたが、すぐにシュンと肩を落として如何にも反省しています、という態度を取った。しかし、彼女のこれまでの行動からそれがポーズでしかないことは知れている。

その事実はオルタンスが一番よく分かっており、冷たい目でリゼットを見た。美貌の彼女は、迫

力満点だ。

そんなオルタンスの様子に緊張するでも怯えるでもないリゼットは、一度胸があるという評価を通り越し、ただの恥知らずなのだと思えた。

一方、オルタンスはアレッタ達に謝罪をしたが、その顔には隠し切れない疲労が見える。きっとリゼットに向けた説教や諭す言葉全てが彼女に届かず、心が疲れているのだろう。

実際、疲労の原因たるリゼットは、表面上は反省しているとばかりに小さく縮こまっているものの、次第に動き始めた眼球が、目の前の事態に飽きたのだということを推察させた。

母国が同じというだけで、こんな問題児の世話を焼かなければいけないオルタンスに同情の視線が集まる。それでも彼女は凛とした顔つきで背筋を伸ばし、みんなの視線に静かに会釈するだけの謝意を見せた。

リゼットを回収していくオルタンスの背を見送りながら、誰ともなく呟く。

「後でオルタンス様に差し入れを持っていこう……」

その言葉に、室内にいた面々は、無言で頷いたのだった。

第十章

『他国令嬢潰れたトマト危機一髪』を乗り越え、迎えた文化祭二日目。本日は『チキチキ裏社会のお仕事危機一髪』が開催されようとしていた。

前日にトマト危機一髪があったせいか、アレッタを一人で放流するのは不安らしく、彼女に監視が付くことになる。

その監視というのが——

「これが不幸中の幸いということか……」

「あれ？　フリオ、出てきて大丈夫なの？」

フリオだったのである。

「今日は、リゼット嬢はがっちり監視されながらクラスで仕事をするんだと。　昨日はサボりまくってたらしいからな。　オルタンス嬢が教えてくれた」

「ふーん」

リゼットが任された仕事は元々少なかったらしいが、それでも働きが最低限すぎた上に、行く先々で騒ぎを起こしていたので、クラス全員で監視すると共に、昨日サボった分も今日働かせるのだという。

「リゼット嬢のクラスに近づかなけりゃ大丈夫だ」

「そうなんだ」

「何にせよ、フリオと一緒にいられるのは嬉しい。

彼もそう思っているのか、心なしかいつもより浮ついているように見えた。

「それで、今からグレゴリーさんを迎えに行くんだろ？」

「ええ。受付開始から来るって言ってたから、そろそろ行かないといけないんだけど——」

「アレッタ！」

アレッタは言葉を途中で切り、呼ばれたほうを振り返る。そこにはマデリーンがいた。

マデリーンは頬をほんのり赤く染め、何処か嬉しげで、楽しそうな微笑みを浮かべている。

「ごめんなさい、お待たせしてしまったかしら？」

「いえ、大丈夫です。時間ピッタリですよ」

実は、アレッタはマデリーンと共にグレゴリーを迎えに行く約束をしていたのだ。

「あら、ブランドン先輩。こちらにいらして大丈夫なの？」

「ええ、大丈夫ですよ。例のご令嬢はクラスメイトとオルタンス様に見張られながら、一生懸命仕事をしているはずですから」

物は言いようである。つまり、クラスメイトとオルタンスに見張られて、引っ切りなしに仕事を回されているのだ。

マデリーンはそんな言葉の裏を正確に受け取り、あらまあ、と呟いて、ますます輝くような微笑

みを浮かべた。

「それはさぞかし良い思い出が残りそうですわね」

「ええ、本当に」

そう言って、二人は朗らかに笑い合ったが、アレッタの目には黒い何かが渦巻いているように見える。

そんな会話をした後、三人は正面玄関のすぐ側にあるエントランスへ向かった。そこで招待された保護者達が招待状をチェックされ、記帳を行うのである。

しかし、そのエントランスに近づくにつれ、静かな緊張感を覚えるようになった。

「アレッタ……」

「うん……、えっと、う～ん」

それを感じ取ったフリオは一瞬身を固くしたが、すぐに体の筋肉をいつでも飛び出せる状態へと変え、アレッタに視線を向ける。

視線を向けられたアレッタは、フリオの緊張状態とは逆に、苦笑いを湛えて脱力状態になっていた。

そんな彼女にフリオは目を瞬かせ、どうしたんだ、と尋ねる。

「いや、うん……。見れば分かると思う……」

そう言って、危険はないから、とフリオとマデリーンを引き連れて、アレッタはエントランスへ向かう。

そこで待っていたのは、クレーター状にぽっかり穴が開いた無人の空間の中心に一人立つグレゴリーと、その両手に頭をがっちりと掴まれて吊り下げられている白目を剥いた二人の男の姿だ。

その姿を見た途端、アレッタはやっぱりな、と思い、フリオは何かを悟ったかのような遠い目をした。マデリーンだけが、瞳を輝かせる。

生粋の高貴な生まれのご令嬢だというのに、あの姿を見てドン引きするでもなく瞳を輝かせると

は、マデリーン様は大変強い心をお持ちだ。

わぁ、お似合いカップル、と半ば呆れつつ、アレッタは人垣を掻き分けてグレゴリーに声をかけた。

「グレゴリー兄様、えっと、お久しぶりです。……それで、あの、今の状況をお伺いしても?」

「ああ、アレッタか。久しぶりだな」

少しばかり張りつめていた空気を和らげたグレゴリーだが、父よりもマイルドとはいえ、相変わらず二十歳の若者とは思えぬ貫禄を持つ強面である。言うなれば若き武人、将来大物になるとしか思えない顔つきなのだ。

ちなみに、この顔つきこそ、裏社会で注意事項と共に知らされる『ベルクハイツ顔』である。この顔を見たら即座に逃げろ、と教育されるのだ。

その『ベルクハイツ顔』から初めて外れたアレッタの存在に、裏社会では動揺と戦慄が走っているのだが、それは今は関係ないので置いておく。

それよりも今は、裏社会の人間だろう吊り下げられた目の前の男二人のことだ。

126

「いや、裏社会の人間みたいな足運びの男を見かけたんで捕まえたんだが、どうやらペアだったらしくてな。襲われたので、返り討ちにした」

「はぁ……、いや、そうだとは思いましたけど……」

どうして吊り下げるような状態になっているんだろう、とアレッタが首を傾げていると、誰かが呼んだらしい警備の騎士達が男達を引き取りにきた。

縄を掛けられ、魔法封じの枷も付けられて連行される男達を見送り、アレッタは改めて兄と向き合う。

「グレゴリー兄様、忙しいのに来てくれてありがとうございます」

「ああ。大丈夫だ、今は父上が領地にいるし、間引きもしっかりしてきたからな」

アレッタの言葉に、グレゴリーは薄く微笑んでそう言うが、心なしか目の前で話すアレッタから気が逸れ、ソワソワとしている。

アレッタは仕方ないなぁ、と生温かい目をしながら、お望みの人物へ引き合わせることにした。

「グレゴリー兄様、マデリーン様も迎えに来てくださったのよ」

「そうか！」

珍しく嬉しげに語尾が跳ね上がる兄に苦笑して、マデリーンのもとに案内する。

そして、顔を合わせるなり、マデリーンはパッと華やいだ笑みを浮かべ、グレゴリーは少し照れ臭そうな顔で目元を緩ませた。

挨拶を済ませると、二人はそっと自然に寄り添うような格好でアレッタ達に告げる。

「それじゃあ、後は予定通りで良いか?」

「はい。兄様もマデリーン様も文化祭を楽しんでくださいね」

「ええ。アレッタもブランドン先輩も楽しんでね」

「はい。そちらも、良い一日を」

グレゴリーとマデリーンは文化祭デートをする約束をしていたのだ。アレッタとグレゴリーはこ
こでお別れである。

グレゴリーとマデリーンは何やら淡い桃色のオーラを発しながら、にこやかに去っていった。

その二人を生温かい笑みで見送ったアレッタは呟く。

「話には聞いていたけど、実際目の前で見ると受ける衝撃が違うよね。こう、お父様とお母様とは
違うインパクトがあるというか……」

「ああ、うん……。言いたいことは分かるぞ……」

片やバックに花が咲き誇る世界の住人、もう片方は雷鳴が轟く中で必殺技が飛び交う世界の住人
である。それが仲良く同居した絵面は、なんとも言えぬインパクトがあり、アレッタは思わず目を
泳がせ、フリオは遠い目をしたのだった。

＊＊＊

獲物を前に、拳を握る。

踏み込みは浅くて良い。

──力が拳に乗りすぎてしまうから。

獲物に向ける拳は、振り抜いてはならない。

──もし振り抜けば、相手の頭は潰れたトマトのようになってしまうから。

人間が獲物の時は、必ず手加減しなければならない。

──魔物と比べて、人間は酷く脆い生き物だから。

そんな教えを胸に、アレッタは目の前の獲物の意識を上手に狩り取った。

「はい、三人目〜」

「嘘だろ……。どうしてこんなにいるんだ……」

アレッタの足元に崩れ落ちた男は、如何にも貴族の使用人といった上等な格好をしているが、こ
れも裏社会の人間である。大方何処かの貴族の使用人に扮して侵入したのだろうが、ベルクハイツ
の嗅覚の前には無意味であった。

「グレゴリーさんの捕まえた奴らと合わせて、この短時間で三人？ ベルクハイツが二人もいるっ
てのに、何、考えてるんだ……」

フリオが唖然としながらそう呟き、崩れ落ちた男に枷を嵌めて警備の騎士達を呼ぶ。

「これって、多いほうなの？」

「多いな。序盤で三人だぞ？ 奴らは場所も時間も問わず、これから侵入してくる奴だっているん
だ。それなのに、今、三人も捕まっている。……下調べはしなかったのか？」

それとも情弱なのか、と首をひねる彼に、アレッタも首を傾げた。

裏社会の人間が今回に限って多く侵入してきているのには訳があるのだが、それはまだアレッタ達の知らぬこと。

とりあえず、尋問すれば何かしらの情報が得られるだろう。それを待つことにし、アレッタとフリオは後を騎士達に任せて、再び歩き出す。

「とりあえず、次は何処に行く？」

「あー……、そうだな。なら、マデリーン嬢の所の宝飾品でも見に行くか？　ベルクハイツ領の魔物素材を使ったアクセサリーを数点だが作ったらしいじゃないか」

「あ、そうね。そうしよう」

不法侵入者とかち合い、捕り物をすることもあるが、結局文化祭デートができているので、アレッタは現状に概ね満足していた。

まさか最も忙しい学年たる三年生のフリオと回れるとは思っておらず、素晴らしいサプライズにご機嫌になる。

侵入者やリゼットのことはアレだが、良い思い出になりそうだ。

「ところで、リゼットさんって、本当に今日は抜け出せないようにしてるの？」

「ああ。警備の邪魔になるかもしれない、ってことで、騎士科からも見張りが付いてるんだよ。昨日、ちっとも行動を自重してなかったからな。他国の令嬢、ってのもあって、安全上の理由による護衛という名目で見張りが付いてる」

警備の邪魔と言うのもあるが、チョロチョロ動かれてベルクハイツの侵入者狩りに巻き込まれても困る。見張りがメインではあるが、護衛というのも強ち嘘ではない。

「まあ、前にも言ったように、クラスの連中もあのお嬢様を自由にさせると面倒を起こすのが重々分かってるから、目を光らせてるはずだ。そう簡単には抜け出せないだろうな」

「うわぁ……」

二年生は三年生ほどではないが、忙しいのだ。それでも目を離さないという選択肢を取ったということは、目を離したせいで仕事が増えたということである。

リゼットは他国からの留学生なので、本来それほど仕事はない。サボりくらいであれば、がっちり見張られなければならないほど、クラスに迷惑をかけることはないはずなのだが……そうでないということは、よほど面倒なトラブルを起こしたということだ。

「昨日リゼット嬢に割り振られた仕事は物販の品物の出し入れらしいんだが、どうもそれを仕舞っている金庫の鍵を持ってフラッといなくなったらしくてな」

お陰でその品物が予定通りにスペースに並べられず、それを売り出す予定だった生徒は怒り心頭だったそうだ。連れ戻されたリゼットは、すぐさま金庫の鍵を取り上げられ、クラスの代表やオルタンスからきつく叱られた。しかし、懲りずに再び姿を消し、恐ろしい勢いでヘイトを稼いだ。

「元々少なかった信用をごっそり失ったらしいな。今頃、針の筵じゃないか？」

「その針の筵に座っても、果たしてそれを痛いと感じる痛覚は正常に機能してるのかしら……？」

アレッタはかなり辛辣な言葉を吐いたが、フリオはそれを否定せず、スンと真顔になるだけ

132

だった。

アレッタは頭痛を覚えそうな話題はそこで切り上げることにする。

「ところで、捕まえた侵入者の尋問結果って、私は教えてもらえるの？」

「ん？　あー……、そうだな。まあ、国家機密だとかに触れてなければ、ベルクハイツのお前なら教えてもらえると思うぞ。ただ、尋問だか拷問だかの結果が出るとしたら、明日以降になるだろうな」

裏社会の人間は、雇い主の態度次第では、交渉次第で雇い主を裏切る場合があった。それが尋問中に起これば、早々に情報を引き出せる。だが、何かしら忠義のようなものを感じていると、拷問しても口を割らず、むしろ自決する可能性のほうが高い。

「ただ、今回捕まった連中はあまり大した腕を持ってないように感じるんだよな。ベルクハイツが二人いる意味を知らなさすぎる」

「ふーん……。あ、ねえ、もしかして他国の人間だったりしないかしら？」

「え？」

アレッタの言葉に、フリオは虚を衝かれた顔をした。

「だって、ベルクハイツは武門の家として有名だけど、他国の人間はそれがどういう意味なのかウィンウッド王国の人間より分かってないと思うの。我が家の人間は代々学園に入って、戦場に出ない人間にもその力を見せつけてきて、ベルクハイツの力をある意味肌で感じさせてるのよね」

「あー……、なるほど。そりゃあ、噂話や出回る情報に実感が伴うし、受け取る側も割と正確に理

解するよな」

　代々のベルクハイツの人間が、その異様な力を定期的に見せつけているのである。しかも、記憶に残りやすい学園での青春時代に……

　ベルクハイツが学園に在籍していた時代と重なった人間の学園時代の思い出話の中には、必ずベルクハイツが登場する。その姿は己の常識をぶち壊されるほどに鮮烈で、他のことは忘れても、ベルクハイツだけは忘れられないというのが割とよくある話なのだ。

　そして、それは貴族間での話である。

　裏社会の人間の間では、今回の文化祭のように、ベルクハイツが在学中に侵入者狩りをする姿が繰り返し話題に上る。その他、学生であるベルクハイツがうっかり裏通りに迷い込み、そこで裏の人間がうっかり絡み、さる組織を物理的に崩壊された姿が目撃されもした。

　裏社会の人間は、ベルクハイツの力を実感、もしくは体感しているのだ。

　特に最近は、アレッタの兄四人が続けて学園に在籍していたせいで、ベルクハイツの脅威がウィンウッド王国の裏社会にも浸透している。それらを知らず、ベルクハイツを甘く見ているというような、問題を起こしているのが他国の人間である可能性が高い。

　フリオはアレッタの言葉に納得する。その可能性を伝えるべく、巡回中の騎士科の生徒に伝言を頼もうと声をかけた。

　フリオはアレッタの推測を本部の正騎士に伝えるよう頼んだ後、特別室へ向かう道中で疲れたような溜息をつく。

「フリオ、大丈夫？」

「ああ……、まあ、大丈夫。ただ、他国の人間が侵入してるとなると、また別方向に面倒だな、と思っただけだ」

もしアラン元王太子がその地位のままで学園に在籍していたら、単純に彼を狙っているのだと考えられる。しかし、現実ではアランはその地位を追われ、退学になっていた。ならば、他国の裏社会の人間がわざわざ侵入し、狙う人物は誰なのか。

一人思い当たる人物がいる。

「もしかして、狙いはオルタンス様？」

「ああ。そう考えるのが普通だな。何と言っても、カルメ公国の公爵令嬢で、我が国の王太子殿下の最有力婚約者候補だ。狙われる理由は多い」

もっとも、一番確率が高いというだけで、確定ではない。結局全ては尋問待ちだ。

特別室へ向かうのに、近道である使用していない空き教室が並ぶ廊下を二人で歩く。

辺りに人気はなく、巡回の警備担当の生徒や騎士達の姿も見えない。

大抵、こうした所に後ろ暗い連中は潜むものだが、今はそうした者達の気配も感じられなかった。

「ここには誰もいないみたい」

「そうか。まあ、後でもう一度回ろう」

何箇所かあるそうしたポイントを思い浮かべ、フリオが溜息交じりにそう言った。

「フリオ、やっぱり疲れてるよね？」

「あー……、そうだな。少し疲れた」

目を閉じ、ふ、と小さく息を吐くと、目を開けて少し悪戯っぽい顔でアレッタを見る。

「アレッタが優しく労わってくれたら、元気になるかもな」

するりとアレッタの頬から唇にかけて撫でた彼に、アレッタが顔を赤くした。

「なっ!?」

「俺、頑張ってるだろ？　なあ、アレッタ」

ふふふ、とフリオは小さく笑う。

「可愛い婚約者にだったら、元気にしてもらえると思うんだけどなぁ？」

そして、甘く、けれど揶揄い交じりの笑みを浮かべた。アレッタは赤みが引かない頬のまま、少しムッとした表情をするも、素直に頷く。

「そうね。フリオは頑張ってると思う」

その言葉に、フリオは、おや、と思った。

そんなフリオの表情から、アレッタは彼が戯れで終わらせるつもりだったことに気づく。──それは面白くない。

アレッタは心の内で、ムクリと獣が身を起こすのを感じた。

油断しているフリオの襟元をひっつかみ、強引にその顔を己へ引き寄せて囁く。

「だから、可愛がってあげるわ」

「え」

一瞬のうちに年下の婚約者の顔から、肉食獣の微笑にその顔を変化させた。

まずい、と思ってももう遅い。アレッタはいつかのようにフリオの唇に噛みついてやったの

だった。

＊＊＊

「――いちどならず、にどまでも……」

フリオは人気のない廊下の隅で蹲り、さめざめと嘆いていた。

対するアレッタは、しれっとした顔で胸を張る。

「ご馳走様！」

「はしたないぞ、アレッタ……」

咎める声も弱々しい。

男のプライドをボコボコにされ、心は瀕死の重傷だ。

フリオの年下の婚約者は、普段は年下らしい幼く甘えたな面を見せるのに、いざとなると肉食獣

めいた行動を取る。

男として、実に恐ろしい。腕力でも敵わないので、この喰われる立場をひっくり返せる可能性が

ゼロに近いのも泣けてくる。

「可愛がってあげただけよ！」

「それは男の役目なんだぞ、ふつう……」

萎れたフリオに、アレッタが雄々しく告げた。

「私のほうが強いから仕方ないわ！」

「弱肉強食ぅ……」

逆転は絶望的だなぁ、と遠い目をするフリオに、さっさと立てと促す。

「ほら、フリオ。マデリーン様の所の宝飾品を見に行くんだから、さっさと立って！」

「ぅぅぅ……。納得いかねぇ……」

ぶちぶち文句を言いつつも、彼は立ち上がってアレッタの傍に寄ってきた。でもその目は彼女から逸らされ、頑なに目を合わせようとしない。

もしや怒っているのかとアレッタは少し不安になったが、ふと見たフリオの耳の色で、そうではないと知った。頰の赤味は引いていたものの、耳がほんのり赤いのだ。

「……フリオ、照れてるの？」

「ぐぅっ……」

指摘にフリオは呻くも、言葉を返すことなく、さっさと歩き出す。

「宝飾品、見に行くんだろ？　さっさと行くぞ！」

「はーい」

照れ隠しであろう少し乱暴な歩調でさっさと先に進む彼に、アレッタはクスクスと笑い、小走りで横に並んだ。

138

そうして向かった先は、普段ダンスの練習をするホールだ。今回、このダンスホールで高価な貴重品の展示を行っているのである。

このホールに展示されているのは恐ろしい値段のものばかりであるため、警備は生徒に任せておけず、プロの正騎士と衛兵が担当している。

ホールに入ってまず最初に目に入ってきたのは、ずらりと並べられたポーション群だ。

それらはベルクハイツ領からほど近いイング領のものである。その領ではポーションなどの薬品系に造詣が深く、優れた腕の薬師を多く抱えていた。そして、ベルクハイツとの縁も深い。それといういうのも、イング領の薬品がベルクハイツ領で多く使われているためだ。過去その領から当主の伴侶を迎えたこともある。

しかし、それだけだと一見ベルクハイツ領がイング領を頼っているように見えるが、ベルクハイツだけがイング領を一方的に欲しているわけではない。

イングはベルクハイツの『深魔の森』に生えている貴重な薬草や、魔物から取れる薬になる素材を欲していた。

要は、二つの領は持ちつ持たれつの関係なのだ。

そんなイング領のポーション群が、説明と共にずらりと並べられていた。

「うわぁ、相変わらず凄い種類……」

「あー……、大体五十種類くらい……だな……」

ポーションと言っても、ゲームのように一種類でどんな症状も治せる代物ではない。治癒師は怪

我を綺麗に治してくれるが、毒や病となると薬を使う。当然、症状毎に使うものが変わるのだ。

「お、ついにヒドラの毒消しが完成したのか」

「そうらしいわ。副作用は眠気だけだし、後遺症が残らないって、ウチの治癒師チームがあっちの薬師と万歳三唱したそうよ」

ベルクハイツ領の治癒師とイング領の薬師達は仲が良い。薬師達は定期的にベルクハイツに

やってきては治癒師達と激しい討論を繰り広げ、帰っていくのである。ちなみに、これは薬師達が自主的に行っていることで、イング家とは関係ない。

この討論は今でこそ伝統になっているが、最初は優れた腕の薬師達をベルクハイツに取られるのではないかと不安に思った当主が移動を制限しようとした。しかし、上手く行かず、むしろ好きにさせていたほうがより良い薬を作り出すため、最終的に好きにさせているのである。

「歴代の伴侶がその薬師達を取り込まなかったのが不思議だよな」

「ああ、それ、聞いてみたことがあるんだけど、単純に薬師の人達が魔物の氾濫が起こると騒がしすぎて、集中できないから嫌だって断られたんですって」

そして、彼らをベルクハイツ領に迎えるのを諦めた理由がもう一つあった。イング領の薬師達は優秀だが、その実マッドな薬学オタクばかりだったのである。類が友を呼んだ結果だ。

そうした連中は我が道を行く者ばかりなので、歴代のベルクハイツの伴侶は自身が手綱を握るよ

り、他所で好きに暴走してくれたほうが良いと早々に見切りをつけ、暴れ馬の手綱をひいこら言いながら握り続けるイング家の応援に回ることにした。

「確か、二年に五男坊が在籍してるんだったよな」

「ええ。あの方は薬師希望らしいわ」

学園に入学するより薬師に弟子入りしたかった、とギリギリ歯軋りする薬学オタクである。

とうとう身内から生まれた暴れ馬に、当主の生え際が後退したのはどうでもいい余談だった。

そんな薬学マッドの巣窟たる領の渾身の品が並ぶ隣には、これまたベルクハイツ領と縁のある領

地の貴重品が並んでいる。

コール領というベルクハイツ領から遠く離れた領地で、先代領主夫人たるポーリーンの実家だ。

この領は特に特産品などがなく、貧しくはないが豊かでもないという牧歌的な領だった。それが、

先々代の領主から魔道具師を手厚く保護し、今では優秀な魔道具師を多く抱える魔道具の町として

栄えている。

一見何の売りもない領に特色を付け、上手く領地を栄えさせたように見えるが、実はこれには裏

があった。とても単純な話なのだが、先々代領主が大の魔道具好きだったのである。

兎に角魔道具が好きすぎて、気に入った魔道具は誰もが認める良い品から、理解できないと首を

横に振るものまで幅広く集めた。そして、時間さえ許せば魔道具師の所まで突撃し、その腕を絶賛

するのだ。

突然の貴族の訪問に困惑するも、純粋に褒め称える彼に悪い思いを抱く魔道具師はいなかった。

特に、世に認められていない魔道具師などは……

そんな行動を繰り返しているうちに、意気投合した魔道具師や生活に困窮している売れない魔道

具師のパトロンとなり、領主は彼らを領地に招く。そうして、いつの間にか魔道具師の町となっていたのだ。趣味が実益に繋がった、というのがコール領のからくりである。

そんな父親の背を見て育ったからなのか、その後の代の領主や後継ぎ達は皆魔道具好きになった。

大好きな魔道具を生み出してくれる魔道具師を保護するため、領地経営に力を注ぐ領主一家の手腕により、領地は大変上手く回っている。これこそ、理想の領地経営だろう。

そのコール領に、ベルクハイツ領は魔物素材を売っている。他の領の素材より、断然質が良いという評価を貰っていた。

そんな情報を思い出しながら、アレッタとフリオは並べられた魔道具を見て、その後に他の領の貴重品群を眺める。

「なんだか、こうして見ると、ベルクハイツ領って結構多くの領地と取引してるのよね」

「そうだな。まあ、ベルクハイツ領の特産品と言えば魔物素材になるし、兎に角、多く手に入るから、多方面に売り捌けるし、売り捌かなきゃすり減った武具や薬、兵達への補償が間に合わなくなるしな」

ベルクハイツ領で狩られた魔物素材から得た収入は、主に武具と医療費方面へ充てられている。

魔物の反乱の際のそれらの消費量は恐ろしく、かなりの金額になるため、手広く売り捌いているのだ。

その結果、このホール内に並べられている貴重品を扱う領地のおよそ六割は、ベルクハイツ領と取引のある領だった。

それらの領の特色やら領主一家の情報を思い出しつつ、アレッタはあることに気づく。

「何か、ウチと縁が深ければ深いほど、濃い領が多いね?」

「あー……、独特だよな」

イング領やコール領に限らず、他の領もなんとも言えぬ濃さというか、独特な雰囲気の領ばかりなのだ。……まあ、それでも、ベルクハイツ領が一番濃いのだが。

「これが『類が友を呼ぶ』ということだな」

「ちょっと、フリオ!」

フリオはその領地と懇意にしている家の子息であり、婿入りが決定しているのに、都合良く己を

そこから外して笑う。

そんな彼にアレッタは眉を寄せて軽くわき腹をつつくも、小さく笑いながらかわされた。

そうしてじゃれ合いながら、遂にアルベロッソ領の——つまり、マデリーンの実家が展示するスペースに辿り着く。

そこにはふんだんに宝石を使った豪奢なネックレスから、まろやかに光をはじくパールのイヤリング、シンプルなカフスボタンまで、様々なアクセサリーが並んでいた。

中でも目玉だと言わんばかりに仰々しい台座に置かれているのは、クリスタルドラゴン産の美しくカットされた裸石だ。

虹色に輝くそれは、マデリーンが言っていたように、小さいものでもさぞかし存在感があるだろうと納得するだけの輝きを放っていた。

そんな裸石とアクサリーを眺めていたアレッタは、ふとシンプルな指輪に目を留める。

そういえば、前世には婚約指輪や結婚指輪というものがあったな、と思い出した。

この世界には、結婚をする際に指輪を交換する風習はない。貴族の男女は、婚約や結婚の時、誕生日や大きなパーティーに出席する際にこれを身に着けてくれとばかりに、男性がアクセサリーを贈るだけだ。

そう。つまり、女性から男性へものを贈るのはとても珍しい。しかし、禁止されているわけでもなく、眉を顰められるような行為でもないのだ。

特にしてはいけないというわけではないのだが、記念日に女性が男性に贈ることはあまりない。

「ペアリング……」

良いかも、と呟く。

フリオはアレッタの正式な婚約者になったのに、まだ部外者意識が残っていた。

それは婚約者たるアレッタの責任だ。もっと婚約者として、彼を愛する者として、大事にしなくてはならなかった。そうすれば、そんな意識を持たずに済んだはずなのだ。

愛の証として、自分から形あるものを贈るのは良い方法に思える。

アレッタは自分の思い付きに満足し、にっこりと笑う。

どんな指輪にしようか、シンプルなもののほうが良いだろうな、などと考えながら、彼女はフリオとその場を後にした。

　　　　　　＊　＊　＊

　さて、じゃあ次は何処に行こうか、とフリオと相談している時、アレッタは視界の端に映る人間が気になり始める。彼女は視線をそちらに向けた。

　視線の先には、貴族の後ろをついて歩く従者服の男がいる。

　短髪で清潔感があり、主人の傍にひっそりと目立たず控えるのに向いた服装の、何処にでもいるような、ごく普通の従者だ。

　アレッタはその男を見て、まずい、と思う。

　男の足運びはただの従者に相応しく静かではあるが、音を殺せていない。背筋はまっすぐで、忠実に主人の後に従って歩いており、ごく普通の従者のようにしか見えなかった。

　それが、問題だ。

　アレッタには、その男が只者ではないことがすぐに分かった。何故なら、彼女にも男が従者以外の何者にも見えなかったからだ。

　それでもおかしいと気づけたのは、男が主人役にしている貴族を知っていたせいだった。

　その貴族は、アレッタの大伯父。つまり、祖母の兄であり、コール家の先代当主だったのだ。

　この大伯父は当主の座を退いて以降、自分の周りに置く人間を最小限に抑えており、従者はいつも一人だった。ここが学園でなければ護衛も連れているだろうが、学園内なのだから彼に付き従う者は一人でなければおかしい。

なのに、二人いたのだ。

おかしいと感じ、アレッタはよくよく注意して観察する。そして、ようやく裏の人間だと気づけた。

今までこんなに分かりづらい裏の人間を見たことがない。それ故に、相当な場数を踏んだ手練れだと推測できる。

彼女はフリオにそれとなく注意を促す。彼も目に入った大伯父主従がおかしいことに気づき、無言で指示を求めた。

アレッタは視線を一瞬大伯父のほうへ飛ばし、その後一つ瞬く。その視線の意味を理解して、フリオもまた一つ瞬いて了承の意を返した。

「フリオ、私ちょっと席を外すね」

「ああ、分かった。それじゃ、俺はちょっと知り合いがいたから挨拶してくるな」

いかにもお花摘みに行きます、という体でアレッタはすぐ傍の角を曲がり、そのまま彼の人物の死角へ回り込むために音もなく走り出す。その間に、フリオは先代コール子爵のもとへ向かった。

「先代様、先代コール子爵」

「ん？ おや、確か……アレッタ嬢の婚約者になったフリオ殿……だったかな？」

「ええ、そうです。お久しぶりです」

にこやかに挨拶するフリオに、先代コール子爵も破顔する。

「やあ、随分たくましくなったな。確か、君と最後に会ったのは四年前だったかな？」

146

「はい、そうです。確かあの時は、先代様がわざわざベルクハイツ領へ直接魔物素材を買いにいらしていたのではないかと」

「おお、そうだ。魔道具師を連れていった時だな。あれは楽しかったなぁ」

からからと機嫌良さそうに笑う彼に、フリオも笑みを浮かべる。そして、不自然でない程度に従者二人を視界に収め、その時を待った。

従者が二人いるのはおかしい。それは、彼にも分かった。おそらく最後尾にいる二人目の従者が侵入者なのだ。けれど、彼にはその男が裏の人間だと分からない。

アレッタの嗅覚はどうなっているんだ、と思いつつ雑談に興じていると、彼女が視線の先に現れ、ハンドサインで合図を送ってきた。

曰く、守れ――と。

フリオはそれを見た瞬間、先代の手を引いて後ろ手に庇い、本物の従者を力任せに己の後方へと投げる。それと同時に、偽物の従者が吹き飛んだ。

人のいない中庭へ吹き飛ばされた男に、周囲は何事かと目を剥くが、追撃するアレッタの姿に侵入者がいたのだと察して、警備の指示に従って避難を開始する。

老齢の者から学園の一年生まで、慣れた様子でさっさとその場を退散する様は、ベルクハイツという存在が彼らの心に深く刻まれている証拠だ。

フリオに突然腕を引かれた先代コール子爵とその従者は何事かと驚いた様子だったが、アレッタが中庭で従者服を着た見知らぬ男と乱闘をしているのを見て状況をすぐさま悟った。そしてフリオ

に庇われたのだと察して礼を告げ、その場から速やかに避難する。

残ったのは、中庭で戦う二人とフリオ、警備の騎士達だ。

拳を振り抜くアレッタは、それを上手く流す男に舌を巻いていた。

この男、防御が堅い。

アレッタは男を殺さずに捕らえたいため、本気を出せない。手加減して戦っているわけだが、あちらはそれに気づいている。その証拠に、大胆にもわざわざ放たれた攻撃を自分の急所に向かうように逸らし、アレッタは攻撃を急停止させられる羽目に陥っていた。

「貴方、とても面倒な人ね」

ポツリとそう零しても、対峙する男は何も答えない。

ここで無駄口を叩くようなら二流だ。

これ以上の情報を流すまいと呻き声すら上げないこの男は、間違いなくその筋では一流なのだろう。

殺さずに、尋問を受けるのに耐えられるだけの状態で捕らえることの、なんと難しいことか。

かといって、自分以外にこの男の相手を任せるのは不安だった。

ベルクハイツとの戦いを長引かせられる実力者だ。逃げられるか、再起不能になるほどの怪我人を出す大捕り物になる予感しかしない。

無理そうなら殺すしかないな、とアレッタが覚悟を決めた、その時。

「フリオ様〜」

場違いな少女の声がその場に響いた。

148

＊＊＊

声のするほうを見て、アレッタはぎょっと目を剥く。

そこにいたのは、リゼットだ。

クラスで見張られているはずの彼女が、何故こんな所にいるのか。そのうえ、避難を指示されて

いるのに、まさか人波に逆らってこんな場所まで来たのか。

言いたいことは色々あるが、兎に角ここにいられるのは本当に都合が悪い。

アレッタが少し気を逸らしたその瞬間——男が動く。

彼はリゼットのもとへ素早く走り、瞬く間にリゼットを人質にした。

「動くな」

「えっ。きゃ、きゃぁぁ！　助けて、フリオ様!!」

ご指名を受けたフリオは正直に嫌そうな顔をし、周りの騎士達も微妙な顔になる。

「なんか、余裕があるな」

「楽しんでないか、アレ」

騎士達の囁き声が聞こえ、アレッタはその意見に内心で同意した。

人質として捕らえられ絶体絶命だというのに、悲愴な表情をしながらもリゼットの雰囲気が何処

か嬉しそうなのだ。

あれは『イベント』が起きたと勘違いしてそうだ。そうアレッタはあたりを付けつつ、男の隙をうかがう。

「……静かにしろ」

「フリオ様ぁぁぁ！」

喉元に暗器を突き付けて男が再度警告しても、リゼットは元気一杯に叫んでいる。

無表情ながら、男が迷惑そうな空気を醸し出しているのは気のせいじゃないだろう。

こうなると、男がリゼットを人質にしたのは間違いだ。

こんな五月蝿い人質を連れて撤退など、困難だろう。かといって、ここで始末してしまうと、その瞬間にアレッタに殺されるか捕まる未来しか見えない。

あの時、アレッタの注意が逸れた瞬間、男が取るべき行動は逃走だったのだ。

こうなってしまったからには、男に残された道はただ一つ。どうにか隙を見つけて逃げるしかない。

その隙を見つけるのが大変だし、人質に選んでしまったお荷物は五月蝿く鬱陶しい。男は詰んでいる。

両者は睨み合い、時間だけが過ぎていく。

どうにも手を出しあぐねていた、その時だった。

──ドゴォォォ!!

突如、遠くから派手な破壊音が聞こえてきた。

その場にいた全員がぎょっと目を剥く。

それが隙になった。

周囲の気が逸れた瞬間、男はリゼットを放り出して逃走しようとした。——しかし、それは叶わない。

翻るスカート。迫るのは、細く、しなやかな体を持つ少女。

……その眼光は絶対強者のものだ。

それが、男が見た最後の光景だろう。

男の頬に、小さな拳がめり込む。衝撃が脳を揺らし、痛みを認識する前に一瞬で意識を狩り取られる。

男の体は無抵抗に吹き飛ばされ、中庭の木に激突した。木を背に崩れ落ち、男は動かなくなる。

アレッタはすぐさま男に駆け寄り、彼が生きており、気を失っていることを確認した。

「すみません、誰かこの男の拘束をお願いします」

その言葉に、こちらを見守っていた騎士達が駆け寄ってきて、男に魔力封じの手枷をつける。さらに縄で縛り上げた。

「あー……、ギリギリ生きてる感じだな。少し回復させとくか」

フリオも寄ってきて男の様子を確認し、軽く治癒魔法をかける。これで死ぬことはないはずだ。

さて、男のほうは片付いた。後は、問題児のことだ。

問題児たるリゼットは、一連の出来事に目を白黒させている。脳内での状況の把握に時間がか

かっているらしく、彼女はポカンと口を開けて呆れていた。

そして警備の騎士に保護され、どうにか状況を把握した瞬間、叫ぶ。

「何てことしてくれたのよ！」

周りがぎょっとして目を剥くなか、リゼットは喚く。

「せっかくイベントが起きたのに、何でアンタがしゃしゃり出てくるのよ！　フリオに助けてもらわなきゃ意味がないのに！」

そう言って、アレッタにずんずんと詰め寄った。可憐な顔は今や鬼婆の如く醜く歪み、周りの男達は引いている。

おそらく、彼女はまだ混乱しているのだろう。いつもの演技は頭から吹き飛んでおり、ただただ不満をぶちまけ続ける。

アレッタのあの戦闘力を見ても、詰め寄り文句を言える、その根性はあっぱれだ。しかし、助けてもらった相手に対する言葉ではない。

周りが眉を顰めるなか、彼女は絶対に言ってはならないことを口にしてしまう。

「このイベントを起こすために、どれだけお金がかかったと思ってるの⁉」

リゼットのその台詞に、周囲の者達は驚き、視線を鋭くした。

今、彼女は何と言ったのか。

アレッタもまたその言葉が何を意味するのか推測し、口を開く。

「それは、貴女が大金を使ってこの『イベント』を起こしたということですか？」

「そうよ！　邪魔ばっかり入って、ちっともイベントが起こらないから——」

そこまで言って、リゼットはしまったと言わんばかりの顔で口をつぐんだ。

アレッタの誘導に、まんまと引っかかったのだ。

「では、最近の侵入者は貴女の手引きによるものなのですね？」

「ち、違うわよ！」

焦り、強く否定するものの、周囲の視線から鋭さが和らぐことはない。

学生ではなく、正騎士の一人が進み出て、言う。

「詳しいお話をお聞きしたい。ここでは少々難がありますので、場所を移させていただく」

「ちょっと、違うって言ってるでしょ！」

喚くリゼットを無視して、彼は部下に指示を出し彼女の両脇を固めた。

リゼットは抵抗してその場から離れまいとするが、屈強な体を持つ騎士の力に敵うはずもなく、背を押されて強引に連れていかれる。

「フ、フリオ様！」

助けを求めるようにフリオの名を呼ぶが、当然彼はそれに応えない。

こちらを見ようともせず、ただアレッタに寄り添うフリオに、リゼットは悔しげにアレッタを睨(にら)み付ける。

「モブのくせに……！」

そんな言葉を残し、リゼットはその場から連れ出された。

相手が他国の令嬢であったため、連行といった表現よりも温い態度ではあったものの、リゼット

は連れ出された。もっとも、騎士達の彼女を見る目は厳しい。

リゼットの姿が見えなくなり、アレッタはようやく緊張を解く。

「大丈夫か、アレッタ」

「ええと、まあ、大丈夫。けど、ちょっと疲れたかも……」

苦笑いする彼女に、フリオも同じように苦く笑った。

アレッタは、自分がノックアウトした男が連行されていく姿を眺めながら呟く。

「リゼットさんは大金を使った、って言ってたけど、どれだけ使ったんだろうね？　あのクラスの

人間を雇うのはかなり掛かると思うんだけど」

「そうだな……。いや、もしかするとリゼット嬢はあいつを雇ってないかもしれない」

「え？　どういうこと？」

フリオの言葉に驚き、アレッタは聞き返した。

「たとえ金のある貴族の娘でも、自分で自由にできる金なんてたかが知れてる。雇えるとしたら、

せいぜいアレッタが今まで捕まえてきた小物くらいだ」

では、あの男は何なのだろうか？

＊＊＊

154

そうなると、リゼットとは別口で頼んだ人間がいる。

「あれは、リゼット嬢が頼んだ裏社会の組織に雇われたのかもしれない」

「えっ!?」

思わぬことを言われ、アレッタは驚いた。

「おそらく、リゼット嬢の言っていた『イベント』とやらを引き起こすために下見に来ていた連中が、アレッタに悉く捕まったのが原因だろう」

「ええ〜……?」

困惑の声を上げる彼女に、フリオが軽く肩を竦めて説明する。

曰く、下見から帰ってこない構成員を訝しく思い、組織の大元が調べてみた。すると、構成員を捕まえたのはベルクハイツの人間だと分かる。

他国の組織はベルクハイツの人間がどの程度の強さを持つのか把握しきれていなかった。なにせ、ベルクハイツの実績は常識の範囲から外れすぎており、実際に目にしてみなければ信じることが難しい。

きっと組織の人間は信じきれず、リゼットの『イベント』要員の他に手練れを用意して学園を探らせようとしたのではないか。

それが、フリオの推測だった。

「多分、リゼット嬢が依頼したのはフォルジュ家が利用している組織だろうな。ただの令嬢が裏社会の人間と会うなんて無理だろうし、おそらく『なんでも屋』程度のふわっとした表現で紹介され

「ていそうだ」

「う、うーん？　そんなもの なの？」

「まあ、ベルクハイツにはちょっと縁がないかもな」

そんな連中が「ウヘヘ、お貴族様なら私達のような者の手が必要でしょう？」と売り込んでくれ
ば、「ヒュー！　この地で使ってくれだなんて、なかなか良い根性だ！　共に体を鍛えて一狩り行
こうぜ！」と好意的に解釈し筋肉の宴に引きずり込むか、「あら、使えそうな手駒」と悪魔が捕獲
し調教するかの二択だ。なお、これは『本当にあった怖い話』である。

そうやって組織をまるっと呑み干して吸収するため、あそこには売り込むな、というのがウィン
ウッド王国の裏社会の常識である。ちなみに、吸収後の人員達は見事な劇画戦士、もしくは悪魔の
下僕へと進化している。

どちらも本人達は幸せそうにしているのが、元の彼らを知る人間をより一層戦慄させていて、裏
社会の人間は回れ右をし、ベルクハイツからダッシュで距離を取る。

ある意味正しい判断だ。

「まあ何にせよ、リゼット嬢は今回のことを上手く誤魔化したとしても、暫くは確実に謹慎処分だ
ろうな」

フリオはそう言いつつも、内心では強制送還になるだろうと確信していた。

裏社会の者を雇い、高位貴族の子息や子女が通う、しかも他国の学園に侵入させたのだ。国際的
な大問題である。オルタンスどころか、カルメ公国が激怒するに違いない。

場合によっては、生きて祖国の地を踏むことは叶わないかもしれない。

「これでようやくあの問題児から解放されるぜ」

「そっか。良かった〜」

安堵の笑みを浮かべるアレッタに、フリオも笑みを返す。その表情からは、一人の少女の生死について考えていたなど欠片も悟らせない。

そうして二人が胸を撫で下ろしている、その時だった。

──ミシッ……

不吉な音が聞こえる。

嫌な予感と共に音の発生源に目を向けてみると、そこにあったのは一本の木だ。

その木は背が高く、それなりに幹も太いが、アレッタが侵入者の男を殴り飛ばした際にぶつかったせいで大きな裂け目が入っていた。

その木から、ミシッ、ピシッ、と音がしているのである。

二人はすぐさま事態を悟り、青褪めた。

「ウソウソウソ!?」

「総員、退避ー! 木が倒れるぞ!!」

狼狽するアレッタの手を引き、フリオが叫ぶ。

驚く周囲の者達も異音を立てる木に青褪め、その場から慌てて離れる。

木から放たれる音は段々と大きくなり、とうとうその姿が傾き出した。そして、周囲の者達が見

守る中、大きな葉音を鳴らして倒れる。

倒れる先は、一階の渡り廊下。

——ゴシャァァァ……

渡り廊下の屋根と柱は見事に木に押し潰され、崩れ落ちた。

「あああああ……」

顔面蒼白で悲鳴じみた呻き声を上げるのは、木が倒れる原因の一つとなった下手人だ。

彼女の脳裏には、極上の微笑みを浮かべる母親の姿がある。

「お、怒られる……」

問題児は去っても、悪魔の襲来が決定した瞬間であった。

第十一章

　その後、アレッタとフリオは他にも侵入者がいないか学園中を練り歩いたが、それらに遭遇することはなかった。

　あんな事件があったにもかかわらず、文化祭が中止になることもない。騎士や教師陣は慣れた様子で指示を出し、来賓の面々はどっしりと落ち着いて行動している。

　生徒達は動揺していたが、そうした先達の様子を見て、あれこそ貴族の姿とそれに倣った。つまり、内心はともかく、上辺だけでも取り繕うことに成功したのだ。

　そんな尊敬の眼差しを注がれる面々の間では、「我々の代ではこんなことが」「おや、私の代では──」と、何故かベルクハイツが引き起こした騒動の話で盛り上がっている。年を重ねるごとにベルクハイツを知り、慣れていく証左だろう。

　そうして、文化祭は一部建物の崩壊を代償に人的被害ゼロでどうにか終わりを迎えた。

　問題は山積みではあるものの、関係者は安堵の息をつく。もっとも、件のベルクハイツ家次期当主はガクブルと震えていた。

「お母様が来る。怒られる。絶対、怒られるぅぅ……」

　悪魔の襲来に怯えているのである。

159　続編がやって来た編

母オリアナの怒り方は恐ろしい。極上の微笑を浮かべながら、絶対零度の眼差しで淡々と説教をしてくるのだ。

何がいけなかったのか。それをしたことでどういう影響が出たか。これから負う可能性がある被害はどういったものか。ダイヤモンドダストの幻覚が見えそうな冷え冷えとした空気の中、ぐうの音も出ない正論で叩きのめされるのだ。

基本的に脳筋なベルクハイツの人間は拳で語られるより、そうやって叱られるほうが堪える。

しかも今回は、アレッタだけが叱られる対象ではない。

彼女の隣でグレゴリーが「弁償代は幾らくらいになるだろうか……」と青褪め、肩を落としていた。

アレッタが侵入者の男と対峙している最中に聞こえて来た轟音は、彼が原因だったのだ。

彼もまた、マデリーンとのデートの最中に手練れの侵入者を見つけてしまい、放置できず対峙した。その結果、四阿をぶっ壊したそうだ。

兄妹共にやらかしてしまい、母の怒りがどれほどになるか……

領地へ帰り、一足先に母の怒りを浴びる兄の冥福を、アレッタは祈る。きっと死因は凍死だ。

そんな彼女の様子を見て、フリオが苦笑する。

「今回はそんなに怯える必要はないと思うぞ。リゼット嬢を完全に排除する理由ができたし、壊したものの弁償代は全てフォルジュ家に請求できるだろうしな」

「そうかもしれないけど……」

160

あの騒動の後、リゼットは表向き謹慎処分となった。この表向きというのは、未だに侵入者やりゼットの口から確証を持てる言葉が得られていないせいである。実際には、既に城で拘束されているのだ。

他国の貴族の子息子女が大勢通う学園に、裏の者を侵入させるという暴挙、事は一気に国際問題となっている。

しかし、一日で復活する。猛然と動き出し、あちこちと連絡を取って手を打ち始めた。

事の次第を聞いたオルタンスは、今までの心労が一気に襲い掛かったのか、倒れた。

そんな忙しくしている彼女から、アレッタとフリオはお茶会に招待される。

開催場所は、王城。

何故王城なのかと首を傾げるも、特に問題があるわけではないのでアレッタは素直に従った。

しかし、王城で通された部屋にいた人物を見て、すぐさま回れ右して逃げ出したくなる。

「あら、アレッタ。久しぶりねぇ」

「ぴえっ」

豊かな黒髪に、紫の瞳。赤い唇は愉快気に弧を描いているが、纏う空気は冷ややかだ。

自身の持つ絶世の美貌から『傾国』と謳われ、その頭脳から陰で『悪魔』と囁かれるその人は、

アレッタの母であるオリアナ・ベルクハイツ子爵夫人。

「な、何故お母様が王城に!?」

動揺するアレッタに、オリアナはしれっと告げる。

「貴女に会いに行こうと思ったら、ちょうど王城に呼ばれるっていうじゃない？　時期的に今回学園で起こったことの事情説明だと思ったの。それなら私も聞いておきたいと思って、便乗させてもらったのよ」

母はそう言うが、これは確実に狙って王城に来ている。むしろアレッタと会うほうがついでだろう。

オリアナはとっとと席に座れと扇で示し、アレッタ達はそれに素直に従った。

人心地ついたところで、オリアナが口を開く。

「フリオも久しぶりね」

「はい、お久しぶりです」

そう言いはしたが、フリオとオリアナは手紙で色々とやり取りしているので、あまり久しぶりという感じはない。

「こちらの状況は把握しているわね？」

「はい。流石はベルクハイツ子爵の奥方だと思いました」

オリアナのその言葉は、彼女が今回の騒動でどう動いているか、フリオが把握しているかの確認だ。

フリオは彼女が最も喜ぶ誉め言葉でそれを肯定した。

「欲しいものが手に入ったとか」

162

「ええ。ずっと前から我が領に欲しいと思っていたのよ」

オリアナは満足げに頷き、フリオは彼女のその姿を見て、少し強張っていた肩の力を抜いた。

「後はあの小娘を片付けるだけね」

「それは良かった。きっとオルタンス様が良いようにしてくださる、かと」

ふふふ、とよく似た黒い微笑みを浮かべる二人に、アレッタは思わず腰が引けそうになる。愛しい婚約者の属性が母と同じものになりつつあるのをひしひしと感じた。

暫く雑談をしていると、扉がノックされる。

入室の許可を出すと、使用人の男がオルタンスの到着を告げた。

その後で、予想外の人物の名を出す。

「今回のお茶会に王太子殿下も同席したいとのことです」

その言葉に驚いたのはアレッタとフリオだけで、オリアナは予想していたかのように平然としている。

「あら、殿下とお茶をご一緒できるだなんて光栄だわ」

オルタンス様と仲がよろしいのね、素晴らしいわ、と微笑むオリアナの腹は読めない。

そんなオリアナがいるからこそ、王太子が同席することになったのだとアレッタは察した。

警戒されているな、とアレッタとフリオは揃って遠い目になる。

三人は改めて別の応接室に案内された。

案内された部屋には、既に王太子とオルタンスが待っている。

「この度は私の小さなお茶会に来ていただいてありがとうございます」

まず、このお茶会の主催者たるオルタンスがそう切り出した。

「いいえ。お招きいただきありがとうございます」

それに答えたのはフリオだ。彼の後に続き、アレッタも軽くカーテシーをして礼を言う。

そして、最後にオリアナが礼を告げた。

「今回お茶会に参加させていただき、ありがとうございます。直前になって参加を申し込むなど礼を欠いた行為でしたのに、オルタンス様の広いお心に感謝いたします」

そう言って柔らかに微笑む。

オルタンスはお気になさらないで、歓迎しますわ、とこちらも柔らかな微笑みを返すが、彼女の隣に立つ王太子の表情は少し硬い。

その後、席を勧められ、アレッタはしずしずとそれに座った。

良い香りのする紅茶がサーブされ、彼女はチラと周りを見回しながらそれを飲む。

アレッタの両隣には母と婚約者が。正面には左からオルタンスと王太子レオンが座っている。

目の前の円卓のケーキスタンドには、フルーツをふんだんに使ったケーキや可愛らしいマカロン、サンドイッチなどが載っており、これがただのお茶会だったら遠慮なく食べられたのにな、と残念に思う。

そうして全員が席に着き、一息ついてからオルタンスが話し始めた。

「今回お話ししたかったのは、リゼットのことなんです」

164

予想通り、リゼットの今後についての報告だ。

「この度はリゼット・フォルジュがご迷惑をおかけして申し訳ありませんでした。後日フォルジュ家から正式に謝罪があると思います」

そこまでは、アレッタも予想通りだったので落ち着いて聞く。しかし、続く言葉に驚くこととなる。

「今回の学園への侵入者の件も、皆様には本当にご迷惑をおかけして……。まさか、リゼットが私、に危害を加えようとあんな恐ろしいことをするとは思っていなくて……」

目を伏せ怯えるようにそう言うオルタンスの肩を、レオンがそっと抱いた。

そんな二人を見て、フリオとオリアナはさも驚きましたとばかりに大きく表情を動かす。そして、アレッタはキョトンと呆けた。

フリオとオリアナの表情は作ったものだが、アレッタは素の表情である。

二人は何かを察したらしいが、アレッタはまだ何も気づけていない。そんな彼女を置き去りにして話は進む。

「リゼット嬢がオルタンス様を狙ってあんなことを？　動機はなんだったのですか？」

「それが、度々彼女の行儀の悪さを注意するオルタンスを煩わしく思ったことと、私の婚約者の座が欲しかったようなのだ」

「まあ、なんてこと。恐ろしいですわ……」

フリオの質問にはレオンが答え、オリアナは眉を顰（ひそ）めて嫌悪の表情を作った。

「実は正式な発表はまだなのだが、オルタンスは私の婚約者に内定した。それを何処から知ったのかはまだ分からぬが、面白くなかったのだろうな。あのような凶行に及ぶとは思わなかったが、正式に国から抗議を行う」

「ルモワール家からも国に訴えますわ。祖国の陛下はきっと正しき判断をしてくださると思いますの」

そこまで聞いて、アレッタにもようやく事の次第が読めてきた。

つまり、そういうことにすると言っているのだ。

リゼットが他国の伯爵令息の気を引きたくて裏社会の人間を学園内に入れたという馬鹿馬鹿しい理由より、よっぽどそちらのほうがいい。そして、そちらのほうが罪が重くなる。

彼らはリゼットだけでなく、フォルジュ家に全ての責任を負わせ潰すつもりなのだ。

アレッタはチラ、と隣に座る母を見る。

母は深刻そうな顔をしているが、あれは絶対に腹の中で「それで、我が家には何をしてくれるのかしらぁ?」と嗤っている。怖い。

「ブランドンとベルクハイツにはフォルジュ子爵令嬢が随分と迷惑をかけたと聞く。そして、今回の功績もある。何か望みはあるか?」

これは言葉の通りに迷惑料と褒賞だろう。そして、『これ』と決めずに何がいいかを聞いたのは、口止め料が入っているせいだ。

これで欲張るとそういう家なのだと王家に認識され、かといって遠慮するとその程度で済むと思

166

われる。匙加減も試されているのだ。

ここで何故オリアナがお茶会に乗り込んできたのか分かった。この交渉の場に同席するためだっ
たのだ。

この交渉の場にはフリオはブランドン家の者として立たねばならず、ベルクハイツ家の交渉にあ
まり口出しできない。何故ならまだ婚約者であって正式なベルクハイツ家の者ではなく、何より次
期当主を差し置いて口を出すのは憚られるからだ。

もっとも、まだ学生であるアレッタがこの場で何を欲するか言っても、正式に決まるわけでは
ない。後日、改めて交渉の場は持たれるだろう。だが、アレッタの言葉が基準とされるのは間違い
ない。

あの文化祭の騒動からさほど時間は経っておらず、オリアナがアレッタにその件について言い含
める時間はなかった。故にオリアナ自ら乗り込んできたのだ。

水面下で行われている攻防に、ひやりと背筋が冷える。

レオンとしては、次期当主がどれほどのものかを確認したかったのかもしれないが、そこに現当
主夫人が乗り込んできた。

レオンが最初硬い顔をしていたのは、これが原因だったのかもしれない。

おそらく、今回の褒賞の件を画策したのは彼だろう。次期ベルクハイツ当主に何かしらの枷を嵌
めたかったのだ。

しかし、その目論見は外されてしまった。

顔にこそ出さないが、彼の頭はベルクハイツの悪魔がその企みをいつどうやって知ったのかで
いっぱいに違いない。

その悪魔がにっこりと笑って言う。

「まあ。どうぞ王家の良いようになさってくださいませ。アレッタもベルクハイツの武人ですもの。
脅威を取り除くのは当然の行いですわ。そうよね？　アレッタ」

「はい。母の言う通りです」

アレッタもその言葉に素直に頷く。

「私はリゼット嬢に付き纏われただけですし、文化祭の時のことはさして役に立たず、何より警備
の仕事をしていただけですから。どうぞ私も王家の良いようにしていただければ」

フリオもまた、それに続いた。

実際、ブランドン家としてはフリオが鬱陶しい思いをしただけだ。侵入者と対峙したわけでもな
く、アレッタが伸ばした侵入者を捕縛しただけ。その捕縛も警備の仕事であり、王家からわざわざ褒
美を貰うようなことではない。

迷惑料と口止め料を王家の言い値で貰い、恭順の意を見せたほうがブランドン家としてはお得な
のだ。

しかし、ベルクハイツ家はそうではない。

前回喧嘩を売られ、今回もちょっとした枷を嵌められそうになった。この次期国王に、ベルクハ
イツがどういう存在であり、慎重な扱いが必要であることを思い知らせなくてはならない。

168

とても国主に向ける感情ではないが、それがベルクハイツである。

逆に言えば、それを理解し上手に付き合うのが、ベルクハイツを国の防衛の要（かなめ）の一つとした国の仕事だった。傲慢（ごうまん）と取られようが、それがベルクハイツの気質なのである。

だから、本来であればここで王家の良いようにしてくれなどとは言わない。今回あえてそれを言ったのには訳があった。

付き合い方を間違えたレオンに一撃をくらわせるべく、オリアナは口を開く。

「それはともかく、殿下のお耳に入れておきたいことがございましたわ」

「ん？　何だ？」

恭順（きょうじゅん）の言葉を吐いておきながら、その口から何が飛び出るのかとレオンは警戒する。

「実は我がベルクハイツ領で『ホワイトジゼン草』の栽培を始めましたの」

「な、なにっ!?」

「それは、本当なんですの？」

驚くレオンとオルタンスにオリアナが頷（うなず）く。

「はい、本当です。専門家の話では、五年後にはある程度の数を安定して出荷できるとのことですわ」

その言葉に、二人は唖然（あぜん）とした表情を見せた。

レオンとオルタンスがそんな反応をするのも無理はない。

この『ホワイトジゼン草』は、魔力を多く含んだ大変貴重な薬草だ。そして、魔力を回復させる

マジックハイポーションに欠かせないものだった。

そもそも、『ホワイトジゼン草』は『ジゼン草』という薬草が突然変異したものだと言われている。

『ジゼン草』は緑色の葉なのだが、『ホワイトジゼン草』はその名の通り葉から茎まで白い。それを偶然見つけた者が根ごと持ち帰り、栽培を試みたものの、上手くいかなかった。数日後には緑色のただの『ジゼン草』になってしまったのだ。

しかし、そうやって何人もの学者が研究し挫折した『ホワイトジゼン草』を、それなりの数を出荷している領地があった。

それが、カルメ公国のフォルジュ子爵領である。

フォルジュ子爵領では、『ホワイトジゼン草』の栽培に成功していた。そして、莫大な富を手にしてきたのだ。

もちろん、その栽培方法は秘中の秘である。多くの者が探りを入れていたが、情報を得た者はいない。

それなのに、オリアナは確かに言ったのだ。『ホワイトジゼン草』の栽培方法を知った。

つまり、ベルクハイツ家は『ホワイトジゼン草』の栽培を始めた、と。

「ああ、そういえば今回問題を起こした令嬢のご実家も『ホワイトジゼン草』の栽培を行っていましたわね。今回の騒ぎで取引のあった方達がお困りでしょうね」

チラ、とオルタンスを見て、オリアナは言う。

「もしお困りの方がいらっしゃいましたら、どうぞベルクハイツをご紹介ください。できる限り対応させていただきますわ」

これはウィンウッド王国にしてみれば朗報である。しかし、同時にベルクハイツ家の価値がさらに上がったとも言えた。

逆に、ルモワール家にしてみれば痛い報せだ。何せ、フォルジュ子爵からその『ホワイトジゼン草』の栽培方法を取り上げるつもりだったのだから。

レオンとオルタンスは戦慄する。これはベルクハイツ家からフォルジュ家への報復措置だと。

『ホワイトジゼン草』の市場を独占し多くの財を成すフォルジュ家の息の根を止めにかかっている。

この件で、先程の褒美の持っていた意味合いが変わった。

次期ベルクハイツ家当主の器を測り枷を嵌めるつもりの計画が、『ホワイトジゼン草』を得たベルクハイツに国はどのような評価を贈るか量るものになる。

明らかに、オリアナが王家に対してマウントを取っていた。

彼女はレオンに視線を移し、言う。

「誠実なお取引には誠意をもって返しますので、よろしくお願いいたします」

それは、含みを多分に持たせた言葉だった。

＊　＊　＊

王城でのお茶会を辞して、アレッタ達は王都にあるベルクハイツ家所有の別宅へ移動した。これまでのことや、これからの予定を話し合うためだ。

使用人に用意させたお茶を飲み、一息ついたところで話が始まる。

「お母様、今日は驚きました。まさか王城にいるだなんて思ってなくて」

「まあ、そうでしょうね。面倒なことが起きそうだったから、急いで来たのよ。間に合って良かったわ」

「俺も立場上フォローしにくい場面でしたので、助かりました。アレッタの当主教育は卒業してから本番ですからね。今の時点だと、王太子殿下の都合の良いように事を運ばれていたかもしれません」

内容はもちろん、王城でのお茶会のことである。

アレッタは今まで戦闘訓練を優先していたため、腹の読み合いは不得手だ。そもそもそういった ことは伴侶の仕事であり、基本的に領地を離れられない当主には最低限備わっていれば良い能力だ と考えられている。

「レオン殿下はどうにも肝が小さくていらっしゃるわ。手綱を握っていなくては不安だなんてね」

鼻で笑うオリアナに、二人は苦笑する。

「陛下を見てごらんなさい。若い頃はチャレンジ精神が旺盛でいらしたけど、今では我が領がどれ だけ暴れようと溜息一つで全て呑み込んでおられるわ。先代国王陛下なんて、晩年には元気でよろ しいと微笑んでいらしたそうよ」

172

それは諦めているのでは？　という言葉をアレッタは口にする寸前で呑み込んだ。特に先代国王陛下のその笑みなんて、達観したものだったに違いない。

というか、チャレンジ精神って何だ。ベルクハイツ領──ベルクハイツの悪魔に、挑んだことがあるように聞こえるんだが。

アレッタがそんなことを考えている横で、フリオは王家が代替わりするたびにベルクハイツの悪魔に挑んでいそうだな、と遠い目をした。

すっとこどっこいをアレッタの婚約者に推したレオン殿下の暗躍を、陛下が生気のない目で見守っている姿が脳裏を過る。

どうしてだろう。想像上の陛下の顔が、『己の黒歴史を見つめる顔なのだが。

何だこれ。王族が必ず通る道的なアレだったらどうしよう、と次期悪魔は頭痛を堪えるように眉間の皺を揉む。

「手綱程度で我がベルクハイツ領がどうにかできるはずがないでしょう。それを分かっていただかないと困るわ」

オリアナは、言外に自分達が暴れ馬であることを認め、振り落としてやると言っている。まあ、舐められるのは嫌なのでアレッタはそれを否定せず、次の話題に移った。

「それで、『ホワイトジゼン草』のことなんですけど……」

「ああ、それね。前から欲しいと思っていたのよ」

ベルクハイツ領の『深魔の森』や他の森などには、色々な薬草が生えている。その中には『ジゼ

ン草』もあった。

このベルクハイツ産の『ジゼン草』は他の領地の『ジゼン草』より魔力を多く含んでおり、それなりに需要がある。しかし、やはり『ホワイトジゼン草』はそれ以上に魔力を含み、その価値は言うまでもないだろう。

「前からフォルジュ領の『ホワイトジゼン草』には目を付けてたのよ。けれどガードが固くてね。それが栽培されていると思われる地域に他領の人間が一定期間以上留まっていると、警戒されるの。そうするとどうしても動きにくくなるし、その地にいるのが難しくなるのよね。フォルジュ領に留まる正当な理由を作ってもらえて助かったわ」

リゼットにかけられている迷惑に対する苦情を正式な使者を立てて抗議した時のことだ。それを隠れ蓑にして使者一行の中に調査員を混ぜた。

「元々『ジゼン草』は魔力を溜めやすい薬草だと言われていたのよ。だから、魔力溢れる『深魔の森』が存在するベルクハイツ領で採れる『ジゼン草』は、他の領地のものより多く魔力を含んでいるの」

その言葉を聞いたフリオが、「あ」と小さく声を上げてオリアナを見る。

「もしかして、フォルジュ領にあるダンジョンが関係していますか?」

オリアナがそうだと頷く。

「ダンジョンは例外なく魔力が集まる場所よ。そして、そのダンジョンがある地域の一部は、危険だからという理由で立ち入り禁止になっていた。だから、そこを探ったのよ」

174

実際、ダンジョン付近の森などは魔物が出て危険なのは事実だ。しかし、ベルクハイツ領で鍛えられた調査員であれば、そこを探るのに何の問題もない。

「それで、見つけたの。地下施設を」

「え⁉」

「地下？」

目を丸くする二人に、オリアナが同意を示す。

「普通の薬草なら地上で太陽の光を浴びさせなければ育たないものだけど、『ジゼン草』はそうじゃないみたいなの。試しに我が領で実験してみたら、地下に植えたただの『ジゼン草』が一週間程度で『ホワイトジゼン草』になったわ」

研究者によると、どうも『ジゼン草』は根から地中の魔力を取り込み、光合成によって酸素と共に体内にため込んだ魔力を外に逃がすらしい。

しかし、地下などの日が当たらない場所では、魔力を逃がすことなく体内にため込み続けるのだ。

「その実験結果をもって、今、地下の栽培場を作ってる最中よ。ふふふ、楽しみよねぇ」

『深魔の森』を擁するベルクハイツ領の土地には、魔力が多分に含まれている。それこそ、野菜が稀に魔物化してしまうほどだ。走る人参を追いかける農夫は収穫期の風物詩である。

ちなみに、魔物化した野菜は問題なく食べられる。むしろ大変に美味なため、高値で取引されるくらいだ。故に、農夫は逃げる野菜を全力で追いかけるのだ。

そんなふうに機嫌の良いオリアナに、アレッタは渡り廊下破壊について怒られずに済むかと安堵

する。しかし、当然そうは問屋が卸さなかった。

「あ。そうだわ、アレッタ。渡り廊下の件なんだけど、フォルジュ家持ちになったわ」

「そ、そうなんですか？」

怒られずに終わることを期待した途端その話を持ち出され、顔には出さないものの、アレッタは小さく震える。

「けれど、そもそも何も壊さなければ良い話よね？」

「はい……」

修理代がフォルジュ家持ちだろうが、それを出させるために手間がかかっていた。つまり、ただでさえ忙しい領主夫人（オリアナ）の仕事が増えたのである。

絶世の美貌（びぼう）が輝き、威圧感が増す。

「向こう三か月間、お小遣い抜きね」

「はい……」

アレッタは神妙な顔をして頷（うなず）いたのだった。

176

第十二章

母に長々と説教される代わりにお小遣いをカットされたアレッタは、少し困っていた。

「これは……ギリギリ……？」

寮の自室で所持金の残高を確かめる。

何故そんなことをしているかというと、ペアリングを買うためである。

うんうん唸りつつも、その顔は明るい。

あの文化祭から既に半月以上の時が流れていた。

リゼットは王城預かりになり、学園は落ち着きを取り戻している。

国が『そういうこと』にしたリゼットの噂は小さな波紋を起こしたが、関わり合いになりたくない生徒達は苦い顔で口をつぐんでいた。

件のリゼットは、近日中にカルメ公国へ護送の予定である。

国家間の話し合いは続いているが、両国に国同士の仲を悪くするつもりはない。どう都合良く事を収めるかに焦点が当てられていた。

なお、全ての責任がフォルジュ家に被せられるのは決定事項である。

そうやって愚かな自分の行動によって実家ごと転覆したリゼットに未だ反省の色はなく、自分が

被害者なのだと涙ながらに訴えているらしい。

当然それを信じる者はおらず、侮蔑の視線を貰って終わりだ。

そんなある意味おめでたい脳を持っているリゼットと顔を合わせずに済むようになり、最近のフリオは機嫌がとても良い。よほどストレスになっていたようである。

そんな彼の機嫌に追撃をかけるべく、アレッタは指輪を買いに行くことにしたのだ。

「剣を持つときに邪魔になったらいけないから、チェーンも買っておきたいし……」

受け取りを拒否されないか、仕舞い込まれるのではないかという不安はない。

それは今までフリオが取ってきた態度が積み重なった結果である。アレッタには愛されている自信があった。

「結婚する時はどうしようかな……。付与魔法（じ）がついてるアクセサリーとかあげたいな」

アクセサリーを差し出しながら愛を囁（ささや）く男前な行動が、フリオの恋心に喜びを与えつつも男の矜（きょう）持（じ）に打撃を与えることをアレッタは知らない。

＊＊＊

そして来たる休養日。

アレッタはお小遣いを握りしめて町へ繰り出していた。

目指すはアクセサリーショップ。

学生の身分であり、記念日的な贈り物ではないので、身の丈に合った指輪を購入予定である。

鼻歌でも歌い出したいほどご機嫌で出ていくアレッタを目撃したローレンスが、「ご機嫌なベル

クハイツだと……？　町で何か起きるに違いない……！」と経験に基づく勘を働かせた。

その勘を働かせたローレンスの勘は見事に当たることになる。

町に出たアレッタは、周辺が少し物々しい雰囲気であることに気づいた。大通りにチラホラと兵

士が見え、何かの打ち合わせをしている。

何事かと首を傾げ、その兵士をチラチラ見ながら噂話をするご婦人方に聞いてみた。

「あの、すみません。何だか兵士の姿が普段より多く見えるんですが、何かあったんですか？」

三人の妙齢のご婦人達は、まさに今噂していた内容のことを聞かれ、口々に話し出す。

「ああ、あれね」

「なんでも他国の……何だったかしら？」

「カルメ公国よ。その国の罪人を護送するらしくて、その警備のためらしいわ」

「高貴な出の罪人って聞いたわ」

「怖いわよね。貴族なら平民より強い魔法が使えるはずだし」

「一体、何をしたのかしらね？　五年くらい前にあった盗賊団の護送と同じくらいの物々しさ

だわ」

それを聞き、アレッタはリゼットの護送だと気づく。

ご婦人方に礼を言い、その場を離れる。

リゼットは非力な少女だが、学園で魔法を習っている貴族だ。その知識量は平民を軽く上回る。この国に留学してからの成績はあまり芳しくなさそうだが、母国での評判は悪くなかったと聞いていた。ならば、それなりに魔法を修めているはずである。リゼットを最後に見たあの時は何の抵抗もしなかったが、進退窮まれば何かやらかす危険がある。

元々、貴族の罪人の護送には厳重な警備が付く。ましてや今回の『そういうこと』にした内容ならば、この警戒態勢は当然の措置だろう。

嫌な予感がするな、とアレッタが思っていると、兵士が慌ただしく交通規制を敷き始めた。遠くから馬の蹄の音、擦れる鎧の金属音、馬車の車輪の音が聞こえてくる。

道の端に寄ったアレッタの目の前を、馬に乗った兵士が六人、騎士が四人、そして貴族の罪人用の馬車が通り過ぎた。

後続の飾りけのない堅牢な造りの二つの馬車には騎士と兵士が乗っており、さらに後ろからやって来る荷車は三つもある。

最後尾を走るのは、やはり馬に乗った騎士と兵士だ。

それらを見送り、暫くして規制が解かれる。

何事もなければいいなと思いつつ、アレッタがアクセサリーショップへ向かおうと足を踏み出し

た――その時だ。

――ドォォォォン！

護送車のほうから爆発音が聞こえた。

一瞬の沈黙の後、悲鳴が上がり、人々が反対方向へ逃げ出す。

——ドォォオン！

再び響き渡る爆発音。

パニックになった群衆は、兵士の落ち着けという声も聞かず、ただただ危険から逃れようと人を押しのけ走る。

男が怒鳴り、子供が母を探して泣き、母親が悲鳴じみた声で我が子を呼ぶ。

平和を象徴するような賑やかな大通りは、一瞬にして地獄と化した。

アレッタは人波に乗るのも逆らうのも悪手と判断し、猿のように街灯をするすると登る。

そして街灯の天辺に器用に立ち、大きく息を吸った。

「静まれぇぇぇぇ!!」

言葉と共に、覇気を叩きつける。

令嬢から武人へと意識を変えた彼女は、人々を睥睨した。

生物の本能を叩き伏せるそれに、彼らは動きを止め、街灯の上に立つ圧倒的強者を恐々と見つめる。

「衛兵、手を上げろ！　よし、いるな。全員兵士の指示に従って避難するように！　案ずるな、これよりこのアレッタ・ベルクハイツが討伐に向かう！　お前達に危害は加えさせない！」

ベルクハイツの名に、恐れが畏怖に変わった。思い出すのは頭上を飛ぶブラックドラゴンだ。

同時に安堵の空気が流れ、人々に僅かながら余裕が生まれる。

「よし、全員落ち着いて避難せよ！　衛兵、後は頼んだぞ！」

そう言ってアレッタは等間隔に設置されている街灯の上を器用に飛び移りつつ、騒ぎのもとに向かった。

＊＊＊

向かった先で見たものは、大穴が開いた道路と扉をなくし燃え上がる護送用の馬車であった。

馬が興奮していななき、騎手が必死に宥めている。

横転した幌馬車から呻き声が聞こえ、人が這い出す。

動ける騎士と兵達は剣を抜き、一人の女を取り囲んでいた。

女はリゼットだ。　質素なドレスに身を包み、髪を振り乱して叫んでいる。

「どきなさいよ！　私はフリオと結ばれるんだからぁ！」

そう言って五つの火球を同時出現させた。

「無詠唱！？」

「魔法の同時展開だと……！？」

騎士達が驚きの目で見たそれは、学生の身分では難しい技術だ。　普通は学園を卒業し、専門機関でさらなる高みを目指し、初めて習得できるものなのである。

それを、目の前の明らかに頭がおかしい少女が使えているという事実が信じられない。

リゼットは確かに思考回路は異常であるが、魔法のセンスは天才的だったのだ。

そもそも、『悪役令嬢リゼット・フォルジュ』というキャラクターは魔法が得意だった。その肉体のスペックを都合良く使い、彼女はトントン拍子に魔法の習得をしていったのだ。

そんな宝の持ち腐れを見せつけるリゼットの腕には、罪人には必ずつけられるはずの魔力封じの枷《かせ》がない。

簡単に外せるようなものではないのに、自分で外したのだろう。尋常《じんじょう》ならざる実力である。

そんな予想外の実力に目を瞠《みは》りながら、アレッタはリゼットを捕らえる計画を立てた。

騎士達は所構わず魔法を撃とうとするリゼットの捕縛に手をこまねいている。直径三十センチほどの火球に当たればただでは済まないし、避ければ建物に当たる。

建物の主な材質が木製ではないのが救いだが、それで火事が防げるかといえばそうではない。市街地が火の海になる可能性がある。

膠着《こうちゃく》状態の修羅場《しゅらば》に、アレッタは降り立った。

「アレッタ・ベルクハイツです！　助太刀《すけだち》いたします！」

「えっ、あ、ああ！　任せた！」

突如降ってきたアレッタに騎士は驚いたようだったものの、ベルクハイツと聞いて即座にその場を任せる。

普通であればそんなことはしないのだが、ウィンウッド王国でベルクハイツを知る者の反応としては普通であり、当然だ。ベルクハイツの直系は誰も彼もが魔法を弾き飛ばすか掻き消すかしてみ

184

せる。騎士の判断は妥当といえよう。

対するリゼットは、「己を見据える少女が最も憎らしいモブ——アレッタであることに気づき、怒りを爆発させた。

「アンタ! アンタのせいで! モブのくせに出しゃばってくるから、バグっちゃったじゃないのよ!」

悪鬼の如き形相で喚き散らす。

「いなくなれ! お前なんか、いなくなれぇぇぇぇぇ!!」

彼女の周りに浮かんでいた五つの火球が、全てアレッタに向かって飛んだ。

アレッタは魔力を手に集め、冷静に上空へ火球を払い飛ばす。

二つ目の火球は逆の手で三つ目にぶつけて相殺し、その爆炎の中から飛び出して来た四つ目は五つ目にぶつけてこれも相殺。

それは全て数秒のうちに起きたことだ。

周囲には爆音が二回轟き、騎士と兵達は爆炎の眩しさに目を細めた。

その爆炎が少しマシになったところで、アレッタは動く。

燃える炎の中に、迷わず突っ込んだ。

周囲が目を剥く中、リゼットは目の前の眩しい炎のせいでアレッタの姿を肉眼で確認できなくなっていた。

もちろん、武人でもない彼女が気配を読むなどという芸当はできず、目の間で起きた派手な爆発

にアレッタに当たったのだと勘違いする。

邪魔者を消したと思ったリゼットの唇が吊り上がった――その瞬間。

「なっ!?」

炎の中から殺したはずの女が飛び出してきた。

驚き硬直したリゼットのその隙を逃すことなく、アレッタは手を振りかぶる。

――バッチィィィィィィン!!

おそろしく痛そうな、派手なビンタをくらわせた。

拳でないだけマシだが、それでも体勢が崩れ足が浮くようなビンタである。その衝撃は言うまでもないだろう。

ただの令嬢生活しかしてこなかったリゼットは容易く意識を手放し、そのまま崩れ落ちた。

「確保ぉぉぉ!!」

それを見た騎士が指示を出し、兵がリゼットに殺到する。

魔力封じの枷を付けられると同時に腕を後ろ手にして縛り、さらに上から縄をかけた。魔力封じの枷を外されたが故の処置だ。

令嬢相手の拘束の仕方ではない厳重さだった。

それを横目に見ながら、アレッタは服についた汚れを払う。

服も髪も燃えていないのは、炎の中に突っ込んだ時にバリアー状態で体全体に魔力を纏っていたからである。拳に魔力を纏う要領と同じだ。

186

服の汚れを払い終え、手に視線を遣る。

そこは少し赤くなっていた。手に視線を遣る。

「ん～、なかなかの火力だったな……」

魔法の才能があったとはいえ、ただの令嬢がベルクハイツに傷を負わせられたとは快挙である。

それだけに、ますます彼女の残念ぶりが際立つ。

「もったいないというか、可哀想というか……」

あんな地雷女じゃなければ、今頃国に大事にされていただろう。

しかしこんな騒ぎを起こし、その異常な思想のもとで才能を見せつければ、危険と判断されて刑の内容が幽閉や強制労働から一気に処刑にランクアップする可能性が高い。何せ、彼女は魔力封じを破ってしまったのだから。

そこまで考え、アレッタは頭を一振りし、その考えを振り切る。

刑の内容は彼女が決めることではない。然るべき機関が、然るべき措置を取るのだ。

何にせよ自分の仕事は終わったと肩から力を抜いたところで、騎士に呼ばれる。

どうやら、暫く指輪を買いに行くのはお預けになりそうだった。

エピローグ

　町での騒ぎがあった日。火傷の治療を終えて寮へ帰ったアレッタは、怒ったような、それでいて心配したような複雑な顔をしたフリオに出迎えられた。

　どうやら、軽度であっても怪我をしたと聞いて心配していたらしい。

　軽度の火傷は魔法薬による治療で跡形もなく綺麗に治っていた。

　それを確認し、他に怪我がないかどうか聞いて、フリオはようやく顔の強張りを解く。

「それで、何があったんだ?」

　大体の事情を知っていても、現場にいた人間に聞くほうが正確だ。

　彼の問いにアレッタは軽く肩を竦めて溜息交じりに話す。といっても、内容はたいしたものではない。

　護送車を破壊して脱走を試みたリゼットの魔法が暴れていたので、捕まえただけなのだ。問題があるとすれば、予想外だったリゼットの魔法の実力だろう。

　話を聞き終えたフリオは、とりあえずオリアナに知らせておくと言った。この件も何かしらの取引材料にするのだろう。

　アレッタはその日は疲れたと言って早々に部屋に引き上げ、いつもより早く就寝する。

188

その後、リゼットの再護送は一週間後に行われた。

護送は厳重なもので、リゼットは魔力封じの枷を付けられたうえに後ろ手で縛られ、さらに魔法や薬によって道行の大半を強制的に眠らされる。

そうした魔法や薬の乱用は体に良くない。そこまでの措置を取っていることから、彼女の今後の処罰がどういうものになるのか透けて見える。

カルメ公国との交渉も上手く進み、全ての責任をフォルジュ家に被せ、国自体のダメージを減らした。

そしてオルタンスへの同情票を集め、両国はどうにかレオンとの婚約を正式に発表する。

そんな祝い事の裏で、カルメ公国では王太子の交代劇が起きていた。

王太子とその取り巻き達が、一人の少女を虐げていたことを理由に婚約者と婚約破棄をすると、とある舞踏会で宣言したのだ。

何やら既視感のある話だが、この婚約破棄宣言に返されたのは失笑と冷笑だった。

何故なら、とっくの昔に彼らの婚約者達は婚約を解消し、他国へ留学していたのである。

学園どころか国内にすらいない者が、どうやってその少女を虐げるというのか。

そんなお粗末な断罪劇は、早々に国王によって回収された。

その後、それぞれの家の跡継ぎの首が挿げ替えられ、王太子の座もまた側室腹の兄王子のものとなる。

そうした噂が流れる中、ウィンウッド王国の学園は学年末テスト期間へ突入した。

生徒達は教科書を片手に勉強漬けの毎日を過ごす。それが終われば、三年生の卒業まで一か月も
ない。

そうして慌ただしく時が過ぎ、アレッタは今日ようやく指輪を手に入れた。

リゼットの騒動の後も事情聴取やら根回しやらでアクセサリーショップへ行けず、ようやく注文
したと思ったらテスト期間である。なかなか時間が取れなかったのだ。

アレッタは指輪を持って、いそいそと部屋へ戻った。

高価なものではないが、せっかくなので指輪を渡すのは特別な日が良いだろう。

＊＊＊

テストの結果が発表され、悲喜こもごもの時が流れた。

卒業式までの時間はあっという間で、生徒達はチラチラと降る雪を横目に、白い息を吐きながら
その日を迎える。

今、講堂では三年の卒業生と、教師、来賓、在校生が集まり、粛々（しゅくしゅく）と式が進行していた。

壇上に在校生が上がり、送辞が読み上げられる。

「——先輩方、ご卒業おめでとうございます。一年という月日はあっという間で、皆様の卒業式が
こんなにも早く来るなんて信じられない気持ちです。特に今年は色々なことがあり、その流れに揉（も）
まれた一年でした」

在校生の送辞に、その場にいた全ての人間が遠い目をする。

本当に色々ありましたね、という気持ちでいっぱいだ。

去年は一人の女生徒の入学から不穏な空気が漂い始め、今年になってそれが爆発。結果は王太子の廃嫡。有力貴族や商人の子息、件の女生徒が退学。被害者のはずの令嬢が愛した男が原因で、覇王召喚。

そんな一年を振り返りながらの卒業式は、これまでのことが嘘のように何の問題も起こらず、つつがなく終わった。

それが収まったと思ったら、留学生がやらかして大変な騒ぎになった。

本当に色々ありましたねぇ、と事態の収拾に奔走した教師陣はさらに死んだ目になる。

式が終わり、講堂の外では先輩の卒業を寂しがる後輩が涙ぐみ、卒業生がお世話になった先生のもとに集まる。

そんな人々の間をすり抜けて、アレッタはフリオを連れ出した。

静かな校内を二人で歩く。

暫く歩くと修理中の渡り廊下が見えてきた。アレッタが折ってしまった木は既に片付けられて、切り株状態のそれだけが残されている。

そこからもっと奥に行くと、これもまた修理中の四阿があった。

グレゴリーが文化祭の最中に壊してしまったものだ。

それらは侵入者さえいなければ壊れなかったものなのに、何故か周囲にはベルクハイツの爪痕と

して認識されていた。アレッタにしてみれば甚だ遺憾である。

その横を通り抜け、もっと奥へ。

校舎の横の林近くに、それはあった。

小さな水盆が載せられた台座には雪が薄く積もり、石造りのゲートオブジェに古びた金の小さな鐘が吊り下げられている。

そこは初夏であれば薔薇が美しい知る人ぞ知る小さな庭なのだが、冬の今は葉の色も褪せ、寂しく見えた。

「やっぱり人がいないね」

「まあ、流石にこんな奥だとな」

いかにも乙女ゲームらしい秘密の庭めいたそこは、意外にもイベントには関係ない場所だ。ちなみに、グレゴリーが壊した四阿は、イベントが起きる重要な場所だったりする。攻略キャラのルートが確定した時に使われる場所なのだ。

まあ、それはもう永遠に来ないイベント。

アレッタはこの学園が乙女ゲームだと気づいた後、何とはなしにイベントが起きる場所を巡ってみたことがある。その末に、この小さな庭を見つけたのだ。

「頭上に鐘があると、特別感があるのよねぇ……」

連想するものは、ガーデンパーティー風の結婚式だ。

まあ、この冬枯れの庭には相応しくないイベントではあるが。

そんなことを思いながら、ポケットからあるものを取り出す。

「フリオ」

「ん？　何だ？」

差し出すのは、銀色のシンプルなペアリングの入った指輪のケース。

それを見たフリオは、目を丸くした。

「アレッタ、それ……」

「まあ、卒業祝いというか、記念というか……」

高価なものじゃないというか、と言いつつ、視線を泳がせて大きいほうの指輪をケースから出す。

「これ、ペアリングなの。これから少し離れ離れになっちゃうけど、私が卒業するまで待っていてほしいな」

フリオの手を取って、左の薬指をするりと撫でた。

この世界では左手の薬指に、特に意味はない。

けれど、アレッタには意味のある指だ。

この指のサイズを気づかれないように測るのには苦労した。

「改めて、貴方に愛を誓うわ」

その指に、指輪を嵌める。

「そして、貴方の愛に見合う女になるわ」

フリオはアレッタの知らぬところでずっと努力し続けてくれた。

将来ベルクハイツ領を背負って

立つ女に相応しい男になるために。

それなら、アレッタはその努力に見合う女になりたい。——少なくとも、彼を不安にさせないくらいの女に。

「あと二年待ってね。その時はもっといい女になって、貴方に相応しい指輪を贈るわ」

ただただ愛しいという想いを籠めてフリオを見つめる。彼は日に焼けた浅黒い肌でも分かるくらいに顔を真っ赤に染め、手で口元を隠して俯いていた。

やがて、のろのろとアレッタに視線を合わせる。

「お前なぁ……」

なんでそんなに男前なことを言うの？　と呟いた。

「嬉しいけど、嬉しいんだけど……！　男としての矜持が……！」

真っ赤な顔でブツブツぼやきながら、フリオもまたポケットから小さなジュエリーケースを取り出す。

「とりあえず、これ、付けてくれ」

ケースを開けてみると、そこにはシンプルな琥珀のピアスが入っていた。

「わぁ……。ふふっ。フリオの瞳の色ね」

「おう……。お前は、俺のっていう証な」

アレッタに比べて、余裕のなさが浮き彫りにされたようで気まずい。

フリオは恥ずかしそうに言って、口ごもり、ぶっきらぼうにピアスを押し付ける。

アレッタは喜んでそれを受け取った。

「ピアスホールはあけてないんだけど……似合う？」

「……ああ。すっげー似合うよ」

耳元にピアスを持っていって尋ねる。

フリオは口元をムズムズさせながらそう言い、アレッタは目を細めて微笑んだ。それをつけるために、少しばかりの仄暗い独占欲を感じさせる。

しかし、それを可愛いと思うくらいにはアレッタはフリオに惚れていた。

「まあ、私はフリオのものだから、フリオの色が似合って当然かな？　フリオも、きっと私の色が似合うでしょうね」

穴のあいてないフリオの耳を触り、言う。

「次は、そこに私の色を贈るわ」

そんな言葉に、フリオはとうとう降参だと情けない顔で呟き、アレッタの頬に触れた。

彼の顔がゆっくりと下りてくる。

アレッタは目を閉じて、降って来た唇を受け入れた。

二年後、二人は神の前で永久の愛を誓う。

その時、きっと二人の耳にはそれぞれの瞳の色をしたピアスと、シンプルだが見事な装飾が施された指輪がそれぞれの左手の薬指に輝いているだろう。

マデリーンの文化祭デート編

プロローグ

話は半年ほど戻り、夏の盛りを過ぎて迎えた秋の始まり。

本格的な夏は越えたとはいえ、まだまだ残暑は厳しく草木は青々としている。

多くの教育機関と同じように、ウィンウッド王国の国立学園も夏季休暇を終え、新学期を迎えた。

生徒達は久しぶりに会う級友と休暇中の出来事を報告し合い、抜け目のない者はその会話の中から美味しい情報を抜き取る。

貴族は夏季休暇中に過ごした優雅な生活を話して見栄を張り、商人はビジネスチャンスに耳を澄ませ、三男以降の貴族の子弟や平民は己を売り込む機会をうかがう。

そうした水面下での思惑を抱えながらも、表面上爽やかな会話をする彼らの一番の関心事は、カルメ公国から二人の留学生が来ることだ。

なかでもオルタンス・ルモワール公爵令嬢は、先日立太子したレオン殿下の最有力婚約者候補である。権力を欲する者はどのようにして取り入るか算段を立て、逆に関心を持たぬ者は当たり障りない態度を心掛ける。

今やこの国の筆頭貴族となったアルベロッソ公爵家の令嬢として、マデリーンもまた彼女の存在

198

を注視していた。

未来の国母になるかもしれない他国の高位貴族の令嬢である。色々な意味で上手く付き合う必要がある。

何せ、彼女の母国にいないタイプの貴族が我が国には存在するのだ。

それがマデリーンが婚約した男、グレゴリーの生家たるベルクハイツ子爵家である。

ベルクハイツ家は頻繁に魔物の氾濫を起こす『深魔の森』を擁する土地の領主であり、彼らはその身の尋常ならざる力でもって彼の地を治めている。

ウィンウッド王国にとって『深魔の森』は国の癌であり、その侵攻を防ぐベルクハイツ家は王国にとってなくてはならない存在だ。

彼らは子爵家でありながら国での重要度はトップクラスであり、最早治外法権に近い扱いを受けている。

そんな特殊な家と縁づく予定のマデリーンは、他国の令嬢であるためにそうした事情に疎いオルタンスに、ベルクハイツ家という存在を正しく呑み込ませなくてはならない。彼女が国母となるのなら尚更だ。

何より、マデリーンの愛する男に迷惑をかけられては堪らない。

ベルクハイツ家にそっぽを向かれて困るのは王国であり、この国に生きる民である。彼らは決して傲慢で無慈悲な性質はしていないが、高い矜持を持つ一族だ。取り扱いを間違えられては困る。

それにマデリーンは、彼と結婚したらベルクハイツ領に住む。彼が婿入りし、新たにアルベロッ

ソ子爵家を興すとはいえ、実質は嫁入りである。

面倒事は最初から起こさせないほうが良いに決まっている。

最近ではレオン殿下がベルクハイツにちょっかいを出していたようだと、グレゴリーの母たるベルクハイツ夫人との手紙のやり取りで知ったが、それは王家の者が通るお決まりの道。ベルクハイツ夫人は、お分かりいただけるまで叩き潰すと遠回しに伝えてきた。

なるほど、治外法権。

その言葉の意味をしみじみと感じる。

一体、国に仕える貴族の誰が国主の一族を叩き潰すと言うだろうか。

そう。ある意味当主より苛烈で恐ろしいのが、彼の地の長の伴侶である。

そんなベルクハイツ家に縁づくのだから、マデリーンもそれに相応しい女にならなくてはならない。

ならば手始めに、それと悟られないよう、夫になる一族に対する扱いをオルタンスに刷り込んでいこう。

そうやって不遜な計画を淡々と立てるマデリーンは、悪魔と名高いベルクハイツの伴侶への道を真っ直ぐに着々と歩いている。

それはそうと、手紙といえば、新学期早々にグレゴリーの妹のアレッタから手紙を貰った。グレゴリーから預かったのだという。

マデリーンは礼を言ってそれを受け取り、寮に戻ってから早々に手紙を読んだ。

そこには時候の挨拶とささやかな愛の言葉、そして彼の今後の予定が書いてあった。

なんと学園の文化祭の時に休みが取れそうだから、学園へ来るというではないか。

「グレゴリー様に会える……！」

マデリーンは瞳を輝かせる。

彼女は手紙をそっと抱きしめ、その日を指折り楽しみに待つのであった。

第一章

　煩わしい人間がことごとくいなくなり、ライバル視していた令嬢が勝手に転落して迎えた新学期。

　さぞかし清々しい気分で過ごせるに違いないと思っていたマデリーンだが、残念ながらそうはならなかった。

　原因は、二人いた留学生の一人——リゼット・フォルジュ子爵令嬢だ。

　彼女が学園に来て早々、婚約者のいる男の尻を追いかけ始めたのである。

　しかも、件の男はアレッタの婚約者だ。それはまるでいつかの再現のようで、実際にはさらに厄介だった。前回の厄介事を全部混ぜて煮詰めたかのような有様だ。

　今回は追いかけられているフリオ・ブランドンが迷惑そうな顔を隠しもしないので、ベルクハイツ子爵が領地から出てくる事態は早々起こらないだろう。しかし、婚約者を狙われるのが二度目になるアレッタが暴走しないかどうかが心配されていた。

　マデリーンとしては助力を求められればあの恥知らずな留学生を何とかするのもやぶさかではないのだが、彼女と母国を同じくするオルタンスが動いたのでそれを見守ることにした。

「はぁ……」

「お疲れですわね、オルタンス様」

202

「あ、失礼しました」

「いえ、無理もありませんわ」

ところが、何度注意してもリゼットは止まらなかった。

先輩や同級生はもちろん、公爵令嬢であるオルタンスにも、果ては教師にすら「そんなことを言うなんて酷い」と、被害者面をして目を潤ませるのである。

彼女は前学期までいたリサよりも質が悪い。

リサもまた、男を侍らせ周囲から注意を受けていたが、少なくとも男が勝手に寄ってくるのを拒まないだけで、追いかけはしなかったのだ。

それはそれで質が悪いとは言えるが、相手が迷惑がっている時点でリゼットのほうがよろしくない。

実はカルメ公国でも先のリサが起こしたようなことが起こり、リゼットも婚約者を奪われて心を痛めていたはずなのに何故こんなことができるのか、とオルタンスは溜息をついている。

「ブランドン先輩が彼女の初恋の人だと噂で聞きましたが、やはりそうなのですか？」

「ええ、そうらしいです。ですが、明らかに愛し合っている二人の間に割り込むのは問題外ですわ。……これに関しては私にも責任があります。母国で辛い思いをしたぶん、彼女の初恋が良いほうへ向かえばと願い、軽率な行動を取ってしまいました」

確かに軽率な行動だった。

オルタンスは大勢の人間がいる食堂で、リゼットが初恋の人に会いたがっていると話してし

まった。

しかし、それは良かれと思ってのことだ。

『初恋』という綺麗な言葉を使ったのにも意味があった。

リゼットの恋が周囲に後押しされれば良いと考えていたからだし、もし敗れても『初恋』という幼さを感じさせるそれが恋の終わりを綺麗に飾ってくれるだろう。そして、それを次のステップとして利用すれば良いと思っていたのだ。

最初はオルタンスの思惑通りに、その『初恋』は好意的に受け入れられた。しかし、その後のリゼットの行動によって台無しになる。

初恋の人に既に婚約者がいたとなれば諦めるべきだし、相手が迷惑がることは当然すべきじゃない。

リゼットの現状として最も望ましい貴族としての態度は、腹の中で何を思おうと初恋に敗れたことに落ち込んだ振りでも何でもして同情票を手に入れ、次のための踏み台にすることだ。

リゼットの美しい顔なら、肩を落として愁い顔をしていれば引っかかる男の一人や二人は簡単に出てくるはずである。貴族の女ならば、さっさと次を探す強かな面を持っていなくてはならない。

ある意味リゼットは純粋なのだろう。ただ一人を真っ直ぐに追っている。

しかし、忠告を聞かない様はどうしようもなく愚かだ。

「まさか、こんなことになるなんて……」

オルタンスの疲れ切った呟きに、マデリーンも同情する。

誰もがリゼットの行動に唖然としていた。

ここまで話の通じない人間に会ったことがない。

リサのほうがマシだったとは、彼女とマイナスな意味で関わった、ある女生徒の言葉だ。

マデリーンは小首を傾げ、疑問に思っていたことをオルタンスに尋ねる。

「リゼットさんはお国ではどう過ごされていたんですの？　オルタンス様のおっしゃりようでは、少なくとも男性をしつこく追いかけるような方ではなかったのでしょう？」

オルタンスは薄く愁いを帯びた表情で頷いた。

「ええ。あの子は本当に普通の令嬢で、前の婚約者が他の女にたぶらかされても冷静に対応していましたわ。まさか、こんなことをしでかす子だとは夢にも思いませんでしたの」

それを聞いてマデリーンは内心眉を顰めた。

今回のことがなければ、リゼットは物事に冷静に対処できる人間のように聞こえる。しかし、今回の彼女の行動を見るに、ただ単にその元婚約者に思い入れがなかっただけなのだろう。

ある意味、そこまで興味を持たれていなかった元婚約者は哀れだし、現在進行形で迷惑をかけられているオルタンスはもっと可哀想だ。

「リゼットさんのご実家には？」

「もちろん報せましたわ。けれど、何故か政治的な罠と思われて対応が遅れていますの」

再び溜息をつくオルタンスに、マデリーンも困惑を顔に出す。

どうやらこの騒動は長引きそうである。

それならば、尚更オルタンスには頑張ってもらわなくてはならない。

「ところでオルタンス様。話は変わりますけど、アレッタの朝の訓練を見たことはありますか？」

「え？　いいえ、ありませんわ」

突然の話題の変更に彼女は戸惑いを見せたが、すぐに首を横に振った。

「あの小さい体で大きな剣を振り回しますのよ。流石はあのベルクハイツの次期当主といえるだけの迫力があります。一度は見ておいて損はありませんわよ」

言葉の裏に忠告を籠める。

オルタンスはそれを正しく受け取り、今度見てみると頷いた。

その翌朝、マデリーンは顔色の悪いオルタンスが朝食のサラダに添えられたカットトマトをじっと見つめているのを目撃した。

トマトから何を連想したかは……言わずもがなだろう。

第二章

一つの問題を抱えながら、日々は過ぎていく。

学園の生徒達や教師、特にベルクハイツに深い関わりのある教師のローレンス・ガンドンなどは、神経を尖らせてアレッタとリゼットの動向を見守っていた。

アレッタはあの年で武人として半ば完成された自制心を持っているが、それでも若さ故に不満が隠しきれなくなっている。

それも仕方がない。彼女の婚約者が他国の全然話の通じない令嬢に付き纏われているのだから。

しかも、最初の婚約者の裏切りに遭ってからあまり時が経たないうちに、二人目の婚約者も他の女に目を付けられたのだ。ストレスは溜まる一方だろう。

そんなアレッタの息抜きにと、マデリーンが彼女を町へ連れ出し、お茶をしたのは最近のことである。

マデリーンとしてもグレゴリーやベルクハイツ夫人との手紙のやり取りで、彼の家の方針はそれなりに理解していたが、詳しくはない。やはり次期当主であるアレッタの言葉も聞いておきたかったのだ。

そこで聞いた話の結論としては、リゼットの回収にはまだまだ時間がかかりそうだということだ。

どうやらストレスが溜まる日々は続くらしい。

マデリーンはリゼットとはクラスが違うため、これまで直接的な不利益を被ったことはない。し

かし、あの理解不能な言動には困惑とストレスを感じる。話の通じなさが、かつて学園にいたリサ

以上なのだから、推して知るべし。

そんな薄い緊張感をはらむ学園生活での楽しみは、グレゴリーからの手紙くらいだった。

実直で誠実、貴族的な迂遠な表現が苦手であり、さらに硬派なところもある婚約者は、手紙で愛

を綴るには恥ずかしさが勝ってしどろもどろ。

そんな手紙を受け取るたびに、心がソワソワする。察しの良いマデリーンは、グレゴリーの努力

が手に取るように分かった。

可愛い……、かわいいわぁ……！

ベッドの上をゴロゴロ転がりたくなる衝動を抑えるのに必死だ。

そんなある日。鉄壁のプライドを持つマデリーンが崩れ落ちる手紙が来た。

それは、珍しく二通同時に届けられる。

おそらく、それほど日を置かずに出されたのだろう。この国の郵便事情では、違う日に出された

手紙が二通同時に届くことがあった。

マデリーンは手紙の一つを手に取り、封を開けて中身を読む。

……頭が爆発するかと思った。

そこには、率直な愛の言葉が綴られていたのだ。

208

迂遠な表現などしゃらくさいとばかりに「君に会いたい」だの、「愛している」だの、「手を繋いで君と町を歩きたいと言ったら、笑うだろうか」だのと、そういったことがつらつらと綴られているのだ。

何これぇ……

今までの手紙とのギャップが凄い。

グレゴリー様ったら恥ずかしがり屋さん、とどこか微笑ましく思っていたのに、とんでもない爆弾である。

しかも、今回は手紙がもう一通ある。

マデリーンはどうにか気力を振り絞って二つ目の手紙を読み……溶けた。

ナニコレェ……

手紙には、もう一つの手紙を読まないよう書いてあった。

何でも先程のものは夜遅くに書き、翌朝になって割ととんでもないことを書いたと気づいたらしい。

嘘は書かなかったものの、恥ずかしいので破棄しようと思ったのに、既に愉快犯（オリアナ）の手で出された後。慌てて次の手紙を書いて、もしもの奇跡にかけたようだ。

確かに手紙は同時に届いたが、問題の手紙を先に読んでしまったので、二通目の手紙は意味を成さないものになっていた。

文面はオロオロと狼狽え、恥ずかしがっているのが手に取るように分かる内容。彼が手紙を書い

ている現場にぜひ居合わせたかったと思えるようなものだ。

マデリーンはフラフラと立ち上がり、ベッドに倒れ込んで枕に顔を埋め、シャウトする。

「ありがとうございます、お義母様！」

くぐもった声は全て枕に吸収され、外へ洩れることはない。

この先何があろうとも絶対に彼の嫁になるという決意を胸に、マデリーンはベッドの上でジタバタしたのだった。

　　　＊＊＊

新たな問題児を抱えて、学園での日々は過ぎていく。

フリオを見つけて一目散に追いかけるリゼットを、生徒達は毎日、呆れたような目で見送っていた。

厄介な子だと小さく溜息をつくマデリーンの視線の先では、リゼットがフリオに追いつく前にオルタンスに捕まり、注意を受けている。

アレッタの訓練風景を見たオルタンスは、リゼットを迷惑な子だとは思いつつもその身を案じているのだ。

アレッタの自制心がどれほどのものか知らない彼女は、万が一手を上げられる事態になればリゼットが死ぬかもしれないという危機感を抱いていた。

210

流石にそういった事態は避けたいため、どれだけ己（おのれ）の忠告を無下にされようと、リゼットに注意するのをやめない。

しかしリゼットの態度は変わらず、彼女は周りからのヘイトをため続ける。そうして、とうとう決定的な事態を引き起こしたのだ。

それは、マデリーンが楽しみにしていた文化祭でのことだった。

文化祭一日目。

リゼットのクラスでは、各領地の物産展のようなことをしていた。

問題児である彼女に接客を任せるのは不安があったため、クラスメイトは彼女を裏方に回す。そ

れなのに、まさかの仕事放棄をした。

基本的に任された仕事は貴族だろうが平民だろうが必ずこなすのが、この学園の生徒である。仕

事を放っておいて恋敵のクラスへ乗り込むなど思いもしない。

偶然通りかかったオルタンスに問題を起こす前に回収されてきたが、クラスメイト達はカンカン

に怒った。

なんと、リゼットは仕事を放棄しただけでなく、脱走する際に金庫の鍵を持っていったのだ。

何故（なぜ）彼女がそれを持っていたのかは謎だが、それのせいで予定が随分（ずいぶん）くるってしまった。

いくら期待していなかったとはいえ、これはもう看過できない。

それにリゼットは悄然（しょうぜん）として反省してみせるものの、所詮は見せかけのポーズに過ぎず、懲（こ）りず

211　マデリーンの文化祭デート編

に脱走を繰り返す。

そして、とうとうアレッタのクラスが行っているカフェで騒ぎを起こした。

ただでさえ今年は、例年よりも侵入者が多い。

警備からも放っておけば面倒なことを起こすと改めて認識されたリゼットには、警護と言う名の監視が付けられることになる。

周囲から冷たい視線を浴びる彼女が、どうしてああも平然と男の尻を追いかけられるのか。理解できないとクラスメイト達は重い溜息を零した。

＊＊＊

そんなふうに迎えた文化祭二日目は快晴だった。

マデリーンは素晴らしい秋晴れの空を自室の窓から見上げる。まさにお祭り日和の空だ。

彼女は早々に準備を済ませ、念入りに自身の姿のチェックをする。

「メアリー、おかしいところはないかしら？」

「大丈夫ですよ。いつも通りお綺麗です」

仲の良い侍女、メアリーの言葉に鏡をのぞきながら一つ頷き、ようやく落ち着きを取り戻す。

「では、行ってくるわね」

「はい。行ってらっしゃいませ、お嬢様」

マデリーンは意気揚々と部屋を出た。

まず最初に目指す場所は、背の高い中庭の木だ。そこで、アレッタと待ち合わせをしている。

彼女と共にグレゴリーを迎えに行く約束をしていたのだ。

「アレッタ！」

視線の先にはアレッタと、彼女の婚約者であり、今回の騒動の一番の被害者であるフリオ・ブランドンがいた。

「ごめんなさい、お待たせしてしまったかしら？」

「いえ、大丈夫です。時間ピッタリですよ」

まず軽く謝罪し、フリオに視線を向けてここにいて大丈夫なのかと尋ねる。すると、大丈夫だと返された。

「例のご令嬢はクラスメイトとオルタンス様に見守られながら、一生懸命仕事をしているはずですから」

方々に迷惑をかけ、怒りを買った結果だ。何処（どこ）にいようとも監視の目があるに違いない。

「それはさぞかし良い思い出が残りそうですわね」

「ええ、本当に」

それだけ大勢に、しかも怒りを買った状態で見張られているなら、逃げるということはなさそうだ。二人は晴れ晴れとした心持ちで笑みを浮かべたが、アレッタはこちらを見て何故（なぜ）か口元を引き攣（つ）らせていた。

第三章

マデリーン達が来賓の受付場所である正面玄関脇のエントランスに行くと、そこでは騒ぎが起こっていた。

人だかりの中、ぽっかりと穴が開くように三人の人物が遠巻きにされている。

何事かと目を向け、その中の一人を見た瞬間、マデリーンは瞳を輝かせた。

男二人の頭を鷲掴みにし、高々と掲げて吊り下げるグレゴリーがいたのだ。

今日の彼は貴族の子弟として恥ずかしくない格好をしている。鎧姿の凛々しい彼も良いが、この姿も素敵だとマデリーンは頰を染めた。

そんな彼女の様子に、アレッタとフリオがその反応で良いのかと、何とも言えない視線を送る。

あれは色々と目を疑う光景なのだが……

恋する乙女とは、時に常人の理解を超えるのである。

すっかり恋する乙女モードと化したマデリーンを尻目に、アレッタが人垣を掻き分けてグレゴリーに話しかける。すると、張りつめていた空気が少し緩み、グレゴリーがノックアウトした不審者を警備の騎士達に引き渡した。

アレッタと話すグレゴリーは、次第にソワソワと落ち着きをなくしていってるのが遠くからでも

214

見て取れる。

そして、こちらに案内されて自分を見た途端照れ臭そうに目元を緩ませた様子に、マデリーンの心臓は撃ち抜かれた。

ナニコノヒトカワイイ。

そう、私と会えて嬉しかったのね。

嬉しさは隠さないが、変な声を上げそうになるのには耐える。

マデリーンは己の中での内なる戦いを悟らせず、グレゴリーの傍に寄った。

「お久しぶりです、グレゴリー様」

「ああ、マデリーン殿。元気そうで良かった」

柔く微笑み合いながら挨拶を交わし、自然に寄り添うような形でアレッタ達に向き直る。

「それじゃあ、後は予定通りで良いか?」

「はい。兄様もマデリーン様も文化祭を楽しんでくださいね」

「ええ。アレッタもブランドン先輩も楽しんでね」

「はい。そちらも、良い一日を」

当初の予定として、アレッタ達は文化祭の始めにグレゴリーに軽く挨拶するだけで、その後は分かれて行動することになっていた。

マデリーン達は、そのまま二人と別れ、寄り添って廊下を歩く。その足取りはふわふわと浮ついており、内心の浮かれようが滲み出ていた。

「グレゴリー様は何処か行きたいところはありますか?」

「特には……あ、いや、アルベロッソ領の装飾品が展示されると聞いたんだが」

ぶっちゃけると、グレゴリーは文化祭にかこつけてマデリーンに会いに来ただけなので、何が見たいとかはない。しかし、せっかくだから婚約者の領地のものを見たいというその言葉は、貴族の男としては一長一短だ。

ここにアルベロッソ公爵がいれば、我が領はついでかと思いつつ、娘と仲が良さそうで結構と苦笑したかもしれない。

しかし、この場にいるのは彼と同じく恋に浮かれた年頃の娘だ。

そうね、私に会いたかっただけですものね、とマデリーンは笑みを輝かせてするりとグレゴリーの腕に己の腕をからませる。

「では、そこから先に見に行こうか」

「ええ、見ていただけるなら嬉しいですわ」

流れるように寄せられた体にグレゴリーは一瞬身を強張らせたが、すぐに力を抜く。

そのまま頷きかけたマデリーンだったが、視界の端に捉えた人影に思考を切り替える。

「あ、いえ、その前にご紹介したい方がいるので少しお時間を頂けますか?」

先程まであった砂糖をまぶしたような甘さが消えた声音に、グレゴリーもまた思考を切り替えた。

マデリーンが何を見つけたのかを探るように彼女の視線の先を追い、見つける。

そこにいたのは、金の巻き毛の美しい少女だ。

216

少女もまたこちらに気づいたようで、一瞬驚いたように目を見開いたものの、瞬き一つする間にそれを隠す。

マデリーンは彼女に用があるのだとグレゴリーへ目配せした。

「オルタンス様」

「マデリーン様、ごきげんよう」

優雅に微笑み合って挨拶を交わす少女達に、母の戦場での気配を感じたらしいグレゴリーが視線を泳がせる。

「オルタンス様、こちら、私の婚約者のグレゴリー・ベルクハイツ様です。グレゴリー様、こちらはカルメ公国からいらした留学生のオルタンス・ルモワール公爵令嬢ですわ」

「初めまして、ルモワール公爵令嬢」

「こちらこそ初めまして、ベルクハイツ様。お会いできて光栄ですわ」

普段戦場に出るばかりで社交などさっぱりしてこなかった彼は、鉄面皮気味故に表情にこそ出さないが、気まずげな空気を隠せていない。

対するオルタンスは、慣れた様子で微笑んでいる。

マデリーンが二人を引き合わせたのは、オルタンスが王妃になる可能性が高いため、ベルクハイツの男がどういう人間かを彼女に見せておきたかったからだ。

オルタンスはベルクハイツの人間であるアレッタのことは知っているが、ベルクハイツの男を知らない。滅多に領地から出ない──否、出られない彼らを知る機会など、これからもそうありはし

ないだろう。

ベルクハイツの男達は独特の雰囲気を持っている。分かりやすく『強者』なのだ。それは、アレッタにはないものだった。

今代の当主たるベルクハイツ子爵などは一目見ただけで絶対に敵対してはならない男であると分かるのだが、アレッタはそうではない。それこそ、訓練風景を見てようやくその異常な力に気づけるのだ。

そんなベルクハイツの男であるグレゴリーもまた、『強者』であると分かりやすい。

マデリーンは、その彼をオルタンスに会わせておきたかった。……別に、優しくて可愛くて格好良くて素敵な彼を自慢したかったわけではない。ないったら、ない。

「オルタンス様もご存じかと思いますが、グレゴリー様もまたベルクハイツ領の守護を司る戦士の一人ですの」

「ええ、存じておりますわ。それに、ベルクハイツ領の戦士はとてもお強いのだと聞いております」

オルタンスの声音は、何かを納得した響きをしていた。

『見た目』というのは大事である。

視覚からの情報は何よりも分かりやすくその人について教え、印象を強く残す。

高価なものを身につけていれば、その人の地位が高いものだと推測するし、体格でその人物が持つ力を測る。

ベルクハイツ家の男達はそれが分かりやすい典型的な例に当てはまった。マデリーンの表向きの思惑通り、オルタンスはベルクハイツ家は戦士の一族なのだという情報を補強する。

「そうですね、我がベルクハイツの戦士は屈強であるという自負と自覚があります」

グレゴリーは謙遜することなく、素直に頷く。

その言葉通り、彼らは本当に戦士の自負と自覚があるのだ。

「ベルクハイツ子爵はブラックドラゴンの調教に成功したくらいですものね」

「ああ、あれにはまったく驚かされた。父上の手加減の上手さと言ったらない。俺では力加減を間違えて後遺症を残すか殺してしまう」

「あら、そうなんですの?」

のんびりと何げなく交わした会話の内容に、オルタンスがぎょっと目を瞠る。

「ああ。やはり我が領で一番力の使い方が上手いのは父上だな。単純な腕力だけならバーナード兄上が一番強いんだが、模擬戦で父上に一度も勝ったことがない。良い線を行くのはゲイル兄上だ」

事前情報でベルクハイツ子爵は既に五十歳近いと聞いていた。普通であれば力が衰えている年齢だ。しかし、その人物に息子達が敵わないというのはどういうことか。

目の前の男が弱いなどとは言えるはずがない。

あからさまなまでに強者の風格を持ち、武道など分からないオルタンスにすら、生物としての本能が敵対してはならないと教えてくるのに——

「ただ、アレッタもなかなかやるようになってきた。おそらくアレッタが学園を卒業する頃には俺達は抜かされるだろうな」

その言葉に、オルタンスは驚愕する。

アレッタの訓練を見た時に外見通りの令嬢ではないのだと知ったが、そんなもので測れない人間なのだと改めて知らされた。

しかし、驚いたのはオルタンスだけではない。

「アレッタは、それほどまでに強いのですか……？」

マデリーンもまた、アレッタの秘める実力を正確には知らなかった。

彼女はオルタンスにベルクハイツが当たり前のように持つ力を分かりやすい視覚情報をもって教えたかったのだが、自分まで驚くことになるとは予想していなかった。

「それだけベルクハイツの血が濃いということだ。……可哀想なことだよ、本当に」

兄としての愛情が滲む声だ。

アレッタは強い。きっと将来的には、ベルクハイツ家始まって以来、特に強いとされた当主の中で五本の指に入るくらいになるだろう。

けれど、彼女は女の子。

キラキラしたアクセサリーが好きだし、繊細なレースに心をときめかせる。どれだけ大きな力を持とうと、血が流れ、怒号が飛び交う戦場など似合わない普通の女の子なのだ。

「俺達の誰かが代わってやれれば良かったんだが……」

その力を羨んだことがないといえば嘘になるが、それよりも幼い少女が訓練でボロボロになって

いく様を見続けた兄達は、彼女に憐憫の情を抱いている。

しんみりとした空気の中、オルタンスがふと我に返る。

「ごめんなさい、そろそろ戻らないと……」

自分のクラスの用事や、リゼットを見張る仕事が待っていた。オルタンスは二人に別れを告げ、

足早に去っていく。

そんなオルタンスを見送った後、マデリーンとグレゴリーは揃って装飾品が展示されている特別

室に向かって歩き出した。

先程の話を聞いて頭に過った可能性に、マデリーンは俯きがちになる。

「マデリーン殿、どうかしたのか？　少し、気分が悪そうだが……」

「え、あ……」

グレゴリーに声をかけられ、しまったとばかりに小さく声を漏らす。

二人は廊下の端に寄って立ち止まった。

「何か気にかかることでもあったのか？」

「あの、いいえ……いえ、そうですわね。先程のお話で、ちょっと考えてしまって……」

グレゴリーの質問に対し咄嗟に否定したものの、思い直してマデリーンは口を開く。

「もし、私達の間に生まれた子が女の子だったら、やっぱり戦場に立たせなければならないのかし

ら、と思いましたの」

「え」

マデリーンは至極真面目に言ったが、グレゴリーにとってはとんだ爆弾発言だ。

婚約してから約半年程度しか経っていないというのに、婚約者が既に結婚を通り越して子供のことまで考えているのだと知って落ち着かなくなる。

「そ、そうだな。適性があれば、武人としての教育を受けさせることになると思う」

視線を泳がせる彼に気づかず、マデリーンは目を伏せた。

「そうですか……」

「ああ。ただ、ベルクハイツ家はアレッタ以外に女の子が生まれたことがないから、可能性は限りなく低いな。血が薄まった時には生まれるみたいだが、適性のない子ばかりだったはずだ」

ここ三代ほどベルクハイツ家は一人っ子だったため、親戚といっても遠縁になるが、その家の人々を思い出しながらグレゴリーが言う。

「そ、その……、俺の子は多分男の可能性が高い……と、思う……」

語尾に向かうにつれ、その声がだんだん小さくなる。

真剣に悩んでいたため、どうしたのかとマデリーンはまったくの無警戒で視線を上げ、目を丸くした。

そこには口元を手で隠し、赤面した婚約者がいる。

え、何これカワイイ。どうしたのよ、コレ。何があってこうなったの？

思わず令嬢らしからぬ真顔でガン見し、優秀な頭脳を働かせて気づいてしまった。

222

私、とんでもないことを言いましたわね？

その瞬間、ボッと火がついたかのようにマデリーンも顔を火照らせた。

二人の間に奇妙な沈黙が流れる。

赤面したまま視線をウロウロと泳がせ、醸し出す雰囲気はオロオロとしている。

甘酸っぱいとしか言いようのない状態だ。幸いなのは、ここが少しばかり道から外れ、人通りが少ない廊下だったことだろうか。

しかし人がまったく通らないわけではないので、老年の淑女が、あらあらと柔らかな微笑みを浮かべて脇を通り過ぎていった。とても恥ずかしい。

沈黙を破るべくマデリーンは口を開こうとするが、余計なことまで言ってしまいそうだ。言うべき言葉を三度心の中で繰り返し、それを言おうとした、その時だ。

「あの——」

「おや、そこにいるのはグレゴリー・ベルクハイツじゃないか」

マデリーンの言葉を遮ったのは、痩せすぎで五十がらみの男だった。

学園の歴史学の教師であるマドック・クロスビー教諭だ。

焦げ茶色が混じる白髪頭をオールバックに撫でつけたマドックが、細い目をさらに細くしてニヤリと嫌な顔つきでこちらに近づいてくる。

思わぬ現状打破となったが、喜ばしいものではない。

その証拠に、グレゴリーの眉間に微かではあるが皺が寄り、嫌そうな雰囲気を醸し出している。

「相変わらず不必要に周りを威圧しているのか?」

「……お久しぶりです、クロスビー先生」

グレゴリーの鋭い目つきやベルクハイツ特有の覇気に対する嫌味に、マデリーンの目が冷たくなる。

「まったく、ベルクハイツというのはどうしてこう、自分の力を誇示したがるのか。私には理解できんな」

カーン! と高らかにゴングが鳴った。

ゴングを鳴らしたのはグレゴリーやマドックではない。マデリーンである。

は? 何この男。私の婚約者に対していい度胸じゃない。

マドックはグレゴリーに喧嘩を売っていたが、買ったのはマデリーンだ。

ウキウキ楽しいデートに水を差されては堪らない。

「まあ、クロスビー先生。なんて酷いおっしゃりよう。私、驚きましてよ」

あからさまに驚いた風情で言ってやると、マドックは気にした様子もなく芝居じみたしぐさで小さく肩を竦めた。

「私はただ注意しただけだよ、アルベロッソ嬢。威圧感をまき散らして周囲を怯えさせるなど、いけないことだ。教師たるもの、教え子を正しく導かねばならん」

卒業生であろうともそれは変わらないという言葉だけは立派だが、教師の身分を笠に着て、一生いびり続けると宣言した様には小物感しか抱かない。

224

鬱陶しいマドックの態度に目を細め、マデリーンは言った。

「あらまあ、ご立派ですわね。流石は華にお金をかける余裕のある方の言うことは違いますわ」

「華ですわ。いやだ、ご自分のことではありませんか。本当にお分かりになりませんの？　二十年くらい前でしたかしら？　伯爵家次男に相応しい女であらんと気を張る奥様に家のことを任せておきながら、先生は華ばかりを愛でてご当主に強く注意されたと聞きましたわ。それからは家のことに注力していたそうですけど、今は再びある店に咲く華にご執心とか。良いご趣味ですわね？」

華が何を指すのか気づき、マドックが青褪める。

マデリーンが華と表現したそれは、女性のことだ。

マドックは二十年以上前に何人もの女性と浮気をし、それがバレて修羅場となったことがあった。当時のクロスビー伯爵家当主に手痛く忠告されたのだ。その女達に結構な額を散財していたために、当主は嫁の味方をしたのである。それ以降、彼は妻の尻に敷かれることとなった。

そんな事件があり、彼は暫く大人しくしていたのだ。しかし、悪癖がそう簡単に治るわけがない。女を囲うことはしなくなったが、そうした店に行き、若い女に入れ揚げている。

それは当主が兄に代わろうと、知られると都合の悪いことだった。

「そういえば、奥様は華を愛でる男性をお好きではありませんでしたわね。秘密にしておいたほうが良いかしら？　どう思われます、先生？」

訝しげな顔をしたマドックに、鈍い男だと思いながら続ける。

「華？　何のことだ」

微笑みを浮かべながらも目だけは冷ややかなまま、言葉に敵意を込める。

ここに来てようやく虎の尾を踏んだのだと気づいたマドックは、女の気性の激しさというものを思い出した。

妻でそれを散々思い知っていながら、その教訓を活かさないのだから救えない。

その妻に店通いがバレれば、あの地獄の修羅場が再び勃発する。マドックとしても、それだけは避けたかった。

「……そうだな。愛する妻に嫌われるのは私も避けたい。既に卒業したベルクハイツに構う時間があるなら、その時間は妻に使うべきだろう。——私はここで失礼する」

悔しそうに言い捨てて、素早く逃げるように去る。

その後ろ姿をマデリーンは鼻で嗤い、グレゴリーは狐につままれたような顔で目を瞬かせた。

マドックの華通いの情報をマデリーンに教えたのは、グレゴリーのすぐ上の兄である三男のディランだ。

元々ベルクハイツを嫌っているマドックが、グレゴリーと婚約したマデリーンに面倒を起こす可能性があるかもしれないからと、事前に手紙で知らせ、いざという時に役立ててくれと言ってきたのだ。

そもそもこのマドックが何故こうもベルクハイツ家の男達に絡むかというと、どうにもベルクハイツ夫人であるオリアナに惚れていて、彼女をベルクハイツ子爵が妻に迎えたことが発端らしい。

実に馬鹿馬鹿しい理由だ。

要は子供に八つ当たりしているだけ。彼の器の小ささが知れる。

しかし、嫌味を言い、小さな嫌がらせじみたことをするだけなので、規格外の力を持つ武人であるベルクハイツ家の男達は彼に手を出せなかった。

そこでディランが、手は出さないが口を出して奴を地獄に沈めてやろうと、マドックの情報を集めていたのだ。悪魔の血を強く感じさせる所業である。

それがようやく日の目を見た。

マデリーンは軽くいい気味だと思うだけだが、ディランの思惑ではこれからが本番である。悪事千里を走るとはよく言ったもので、こうして人目が少ないとはいえまったくないわけではない場所で暴露された秘密は、いつか一番知られてはならない人の耳に入るだろう。

ディランはマドックがマデリーンに絡むなら、人目は少なく、けれども必ずそれなりにはある場所でだろうと予想していた。

何故なら、公爵令嬢であるマデリーンが一人になることや、人気のない所に行くことなど、安全上の理由でそうはないからだ。身分が高く狙われると厄介な身の上であるという自覚を持つ彼女は、そうしたことを意識している。

そして、予想通り人目のある場所で、彼の秘密は外へと漏れた。

学園であろうと貴族社会は存在する。そこに落とされた弱みはいずれディランの思惑通りマドックを地獄に突き落とすだろう。彼が奥方の渾身の一撃をくらうのは、そう遠くない未来のことだ。

そうしてみみっちい男の地獄行きが決定したわけだが、マデリーンやグレゴリーにとってはどう

でも良いことである。

二人にとって大切なのは、今、この時だ。

領地からなかなか外に出られないグレゴリーの貴重な時間を無駄にすまいと、マデリーンは気を取り直して言う。

「グレゴリー様、疲れてはいませんか？　アレッタのクラスはカフェをしていますの。せっかくなので、今から行きませんか？」

「ああ、そうだな。そうしようか……」

ふ、と少し疲れたように小さく息を吐いて苦笑するグレゴリーが頷く。

特別室へ向かう道をカフェへ変更し、二人は歩き出した。

カフェで出されている紅茶が美味しかったと穏やかに談笑していると、不意にグレゴリーが顔を動かさず目だけで辺りを見回す。そして、さりげなくマデリーンの肩を抱いて「こっちから行こう」と進路変更した。

角を曲がったところでマデリーンを後ろ手に庇い、辺りの気配を探る。

雰囲気の変わった彼に戸惑いながらも、マデリーンは何かあったのだと察して大人しくその様子を見守った。

「すまない、マデリーン殿。少し警備の者がいる所に避難してくれ。それから、人をこちらに寄越すように言ってほしい」

「分かりましたわ。お気をつけくださいね」

228

訳を聞かず、グレゴリーを信頼して素直に頷く。彼女は近くにいた警備の騎士のもとへ小走りに駆けた。

その間に、グレゴリーは角を出て目的の人物に近づく。

その人物は、女生徒の服を着ていた。

一見何処にでもいるような記憶に残りにくい顔立ちの少女なのに、平凡な女生徒にしては筋肉が付いている。

騎士科に在籍しているならそういうこともあるが、グレゴリーは違和感を覚えた。

ベルクハイツ領ではアレッタを筆頭に武人の女性が数多くいて、彼は筋肉質な女性を見慣れている。それ故に、異常に気づけたのだ。

グレゴリーは前を歩くそれとすれ違いざまに、暗殺者もびっくりな手際でその人物の意識を狩り取った。

首に受けた衝撃に目を回したそれの襟首を倒れ際にひっ掴み、手足と喉を見て溜息をつく。

「やはり男だったか」

足が大きく手が男のもので、喉仏があった。

さらに髪に違和感を覚えて引っ張ると、ずるりと落ちて短い髪の毛が出てくる。

周りの者はぎょっとして二人から身を引き、バタバタと足音を立ててやってきた警備の騎士達に道を開けた。

三人組で来た警備の一人が在学時の後輩だったため、グレゴリーは軽く手を上げて挨拶する。向

こうは軽く会釈を返した。

「先輩、お久しぶりです」

「ああ、久しぶりだな。これの拘束を頼む」

そう言って気絶した女装男を突き出すと、後輩の正騎士は嫌そうな顔をしてその男に手枷を付ける。

「なんでわざわざ女装するんですかね？　普通に男の格好で来いっつうの」

「いや、それ以前に学園に侵入するな、って話だろ」

ぼやきに突っ込まれ、後輩はそれもそうだと頷いた。

「先輩、侵入者はこいつだけですか？」

「いや、もう一人見つけたから後を追う。お前達が来たのは、マデリーン殿が知らせたからか？」

「はい、そうです。アルベロッソ嬢は今、別の奴が警備室へお連れしてるかと」

「そうか」

一つ頷き、グレゴリーはそっと視線を巡らせる。

もう一人のほうはとても厄介そうだった。この女装男がすれ違いざまに何かを渡している様子を見なければ、それが侵入者と分からないほどに一般人に紛れていたのだ。

「残りは手練れだろうから、ついてくるならそれなりに距離を取っていてくれ。いざという時は人払いを頼む」

「分かりました」

小声で告げたそれに、後輩は首を縦に振る。

彼は、仲間の一人に応援が来るまで女装男を見張るように、もう一人には自分についてくるようにと指示を出し、グレゴリーを見上げる。

「戦闘中は手助けしようと飛び出すなんてことをするなよ」

「分かってますよ。手元がくるって壁に穴をあけられたら大変ですからね」

過去ベルクハイツの男達がやらかしたことを例に挙げられ、グレゴリーは苦い顔になり、もう一人の侵入者を狩るために歩き出した。

＊　＊　＊

グレゴリー達がもう一人の侵入者を捕まえるために動き出した頃、マデリーンは警備の騎士科の生徒に連れられて警備室本部へ向かっていた。

高位貴族の令嬢をこの状況で一人にしておくのは不安であるので、そうした措置が選択されたのだ。

せっかくのデートなのに次から次へと問題にぶつかってしまい、なんとも運がないとマデリーンは心の中で嘆く。

おそらくグレゴリー達がいるところは危険地帯になるだろうと、警備の生徒が遠回りで先導した。

前を歩く彼に素直についていくと、少しして思わぬ人物に出会う。

マデリーンは足を止め、警備の生徒に少し待ってもらって、その人物に声をかけた。

「リゼットさん」

「げっ」

それはサーモンピンクの髪色をした今話題の問題児、リゼット・フォルジュ子爵令嬢だった。

彼女はクラスメイトに見張られ、今日一日中クラスでの出し物で働かされる予定だったはずだ。

なのに、ここで令嬢らしからぬ声を小さく上げ、「なんでここに悪役令嬢がいるのよ」とぶつぶつ文句を言う。幸い、マデリーンには聞こえず、おかしな人だと眉根を寄せた。

「リゼットさん、貴女確か今日は一日中クラスでの出し物の当番では?」

「い、今は休憩時間なの!」

言い訳はお粗末なものだ。

明らかに嘘だと分かるそれにマデリーンは呆れるが、指摘せずに話を進める。

「そうですか。けれど、お一人で動き回るのはやめたほうが良いですわ。どうも学園内に不審者が侵入しているようです。早くクラスに戻ったほうがいいかと……」

そう告げると、リゼットはパチリと一つ瞬いた後、何故か嬉しそうに口角を上げて「イベント」と呟いた。

そんなリゼットの様子を見て、マデリーンは彼女を一人にすることに不安を感じる。

「いえ、お一人で戻らせるのも心配だわ。クラスまでお送りしますわ」

その心情の内訳は、リゼットの身の安全への心配が一割、残りの九割は彼女が何か余計なことを

232

するのではないかというものだ。

リゼットは一瞬迷惑そうな顔をするも、笑みを作って首を横に振る。

「そこまでしていただかなくて大丈夫です。一人で戻れます」

絶対に戻らないな。

リゼットへの信用は底辺にまで落ちている。彼女の評判を知る者ならその言葉を信じるわけがない。

しかし、マデリーンは一応、さも親切心で言っている体を取る。

「まあ、そんな遠慮なさらないで。やっぱり警備の方と一緒にいるのが安全よ。一緒に行きましょう?」

そう言って一歩踏み出すと、リゼットが一歩足を引いた。

瞬時に二人の間に緊張感が走り、互いに微笑み合いながらも相手の出方をうかがう。

哀れな警備の生徒は、少女達の顔面に張り付けた笑みと纏う空気の冷たさの差に風邪を引きそうになる。

ナゼコンナコトニ?

「恥ずかしい話ですけど、学園に侵入して捕まった不審者の数が今年は特に多かったそうなの。先程も不審者が見つかったばかりで危険だわ。もしかしてクラスへ戻るのが不安?　警備室のほうが良いかしら?」

警備室は文化祭の一日目にフリオが詰めていた場所だ。しかし、今日はアレッタと共に学園を

回っているので、彼は不在である。

それを知らないリゼットは迷う素振りを見せたものの、再び一歩下がりながら言う。

「いえ、警備室なんてお邪魔したらご迷惑になるわ。クラスには一人で戻るから、気になさらないで」

じりじりとこちらと距離を取ろうとする彼女に、マデリーンは困った顔をする。

「ですけど、本当に危険ですのよ? 嫌なことを言いますけど、ここで貴女に何かあったら国際問題になりますわ。貴族としてそれは避けなければ。貴女も貴族ですからお分かりになるでしょう?」

そう小首を傾げて言うと、リゼットは実にわざとらしく目を潤ませた。

「そんな、酷いわ! 貴族だから私に自由を与えないって言うの!?」

そんなことは欠片も言っていない。

ここで身を守る選択をするのが高位に身を置く者の義務だと言っているのだ。「己の身を守りさえすれば国際問題は起こらないのだから、安いものなのはず。

警備の生徒も、何言ってんだこいつ、といった風情で目を丸くしている。

「いえ、そうではなくて——」

「もう放っておいてちょうだい!」

そう言ってリゼットは踵を返して走り出し、マデリーンは思わずその後を追った。

「待って、リゼットさん! 本当に危険なのよ!」

リゼットが走り出した方角は、グレゴリーと別れたあの場所の方向だ。

「お待ちください、アルベロッソ嬢！」

警備の生徒も慌ててそれを追う。

しかしリゼットの足は速く、ただの令嬢であるマデリーンではとうてい追いつくことができない。

建物を出て低木が茂る庭を突っ切る頃には、彼女の後ろ姿は遠く、ともすればすぐにでも見失いそうだった。

「はっ、はっ……、無理だわ、私では追いつけない……。ねえ、私のことはいいわ。リゼットさんを追って」

「ですが……」

息を切らして言うマデリーンに、警備の生徒は迷う。

「さっきリゼットさんにも言ったけれど、彼女に何かあれば国際問題になるかもしれないわ。お願い、行ってちょうだい」

「……分かりました。ですが、すぐに人の多い所へ行くか、警備室へ向かってください。ベルクハイツ家の男が貴女の安全を確保してから動いたということは、厄介な相手がいるということでしょうから」

「そう言い置いてから、彼はリゼットを追っていった。

マデリーンはそれを見送り、兎に角息が整うのを待つ。

その間にぼんやりと辺りを見回し、遠目に四阿を発見してここが裏庭であることを知った。

「随分、予定から外れた場所に来てしまったのね……」

当初の目的地である警備室からかなり離れてしまい、溜息をつく。

いつまでもここにいるわけにはいかないので、四阿に向かって歩く。四阿からは校舎へと舗装さ

れた道が延びているため、そこから戻ろうと思ったのだ。

けれど、それは叶わない。

走るなどという慣れないことをしたせいで疲れていたため、マデリーンは注意力が散漫になって

いた。だから、騒ぎが近づいてくるのに気がつかなかったのだ。

「——マデリーン！　逃げろ！」

響いた声に驚く。

振り向いた先に、見知らぬ男がいる。

それが、ひどく冷たい目でこちらに手を伸ばしていた。

第四章

時は少し遡る。

グレゴリーは距離を取った後ろに正騎士達を従え、件の厄介な侵入者へ近づき、話しかけた。

「失礼、少し良いだろうか?」

「はい?」

振り向いたのは、どこにでもいそうな中年の男だ。平凡すぎて特徴がなく、人相書きで苦労する顔である。

「先程女生徒に扮した変た——変質者が捕まったのだが、貴方はその者とやり取りをしていただろう。あの変質者について何かご存じだろうか?」

思わず変態と本音が出かかったが、それを言い直し質問すると、男は迷わず飛びずさり、そのまま逃走した。

あれはプロだ。判断が速い。

「警備! 避難誘導!」

「了解しました!」

端的に指示を出して、グレゴリーは追いかける。

男はあっという間に人波を縫い、建物の外へ出た。学園の広すぎる庭を駆け、どんどん人気のないほうに向かう。

おそらく学園の外へ出たいのだろうが、それをするにはグレゴリーとの距離が近すぎた。撒くことはできず、ただ逃げ回るしかない。

そうして追いかけっこをしているうちに裏庭へ辿り着く。

そこは人がおらず、ひっそりとしていた。

裏庭と言うだけあってあまり派手な植物は植えられておらず、そこそこ整えられた庭木と見栄えの良い低木のみがある。校舎から舗装された道が四阿へ延びていた。

そうした華のない場所なので、普段から人気がなく文化祭の最中でも変わらぬ静けさである。

そこに隠密行動に慣れた手練れの裏の人間と、魔物に気づかれぬよう気配をある程度消せる人間がやってきた。

だからこそ、気づかなかったのだ。

偶然そこにいた普通の令嬢であるマデリーンには、彼らがすぐ傍まで来ていたことが分からなかった。

男は明らかに高貴な出と分かる令嬢を見つけ、上手く使えばこの膠着状態を崩せると手を伸ばす。

しかし、彼女は彼を追いかけてきている化け物の逆鱗である。

見知らぬ男に手を伸ばされ、マデリーンは「ひっ」と小さく悲鳴を上げて反射的に一歩後ず

さった。

本当なら、そのまま踵を返して走って逃げなければならないところだ。非力で運動能力がない彼女はいつかは必ず捕まるだろうが、それでもその動作が重要だった。逃げている間に助けが入るかもしれないのだから。

けれど最適な行動はできずとも、彼女がとった行動も無駄ではなかった。

後ずさったたった一歩も、重要な距離だ。

そのあと一歩の距離で、男の肩にナイフが刺さる。

それは、男を追う者が投げたものだ。

痛みに動きが鈍くなった男が後ろを見遣ると、そこには怒りに顔を歪ませる化け物が拳を構

え——

——ゴギャァァァッ!!

男の頬に拳が叩き込まれ、ひしゃげる。

足が浮き、その勢いのまま四阿へ突っ込み、男の体が柱を二本へし折った。

——ドゴオォォ!!

四阿の柱は全部で四本。当然、四阿は一気に崩れ、男は瓦礫の下に埋まる。

マデリーンは尻もちをつき、己の横を飛んでいったそれのせいで崩壊した四阿を唖然として見る。

「マデリーン殿! 無事か!?」

両肩を掴まれ慌てて正面に視線を戻した。そこには可愛い大型犬——グレゴリー——ではなく、珍しく表情筋を大いに動かして心配そうにこちらをうかがっている婚約者がいる。

まあ、珍しい表情！

先程の怯えをその図太い神経――否、愛の力で吹き飛ばし、マデリーンは愛しい婚約者へにっこりと笑みを浮かべた。

「ええ、大丈夫ですわ。ちょっとびっくりしただけですもの」

そう言われても安心できないのか、グレゴリーはマデリーンの顔色を確認するようにじっと彼女を見つめる。暫くして本当に大丈夫なようだと納得してほっと息を吐いた。

彼が落ち着いたみたいなので、マデリーンはそっと彼の前に手を差し出す。

何を求められているのかすぐに察したグレゴリーはその手を取り、立ち上がる補助をした。

立ち上がった後、マデリーンがスカートについた汚れを軽く払っていると、バタバタと数人の正騎士達が走ってくる。

「グレゴリー先輩、侵入者は生きてますか!?」

ベルクハイツの男がどういう認識をされているかありありと分かる言葉だった。四阿(あずまや)が崩れた音を聞いての言葉だろうが、壊したのがグレゴリーであることを欠片(かけら)も疑っていないようである。

「あー……、多分……?」

「あちらに埋まっていますわ」

少し自信のなさそうなグレゴリーの言葉を継ぎ、マデリーンが瓦礫(がれき)の山を指さす。

正騎士達は、ヤッパリナーという顔をしながら礼を言って瓦礫(がれき)の山へ向かった。

240

それを見送り、マデリーンはグレゴリーに尋ねる。

「グレゴリー様はお怪我はございませんの？」

「ああ、大丈夫だ」

軽く微笑むグレゴリーを上から下までじっくり眺めて、嘘ではなさそうだと頷く。

「ところで、マデリーン殿はどうしてここにいるんだ？　マデリーンはきちんと己の立場を理解し、相応しい行動を取れ

グレゴリーの疑問はもっともだ。付き添いの警備の者はどうした」

る人間なのだから。

彼女は苦い顔でこれまでに起きたことを話す。

「それはまた……随分と……」

リゼットの問題児ぶりを聞いてはいたが、改めてこの文化祭でやらかしたことを聞いてドン引き

したのか、グレゴリーが口元を引き攣らせる——その時だ。

——ゴシャァァァ……

遠くから聞こえた破壊音に、二人は目を丸くした。侵入者を瓦礫の下から引きずり出す作業をし

ていた正騎士達も驚いて、自然とグレゴリーのほうへ視線を向ける。

グレゴリーに視線が集まる中、マデリーンがポツリと零す。

「……アレッタでしょうか？」

確証もないのに、そうなんだろうなー、という空気が流れ、グレゴリーは反論せずに項垂れたの

だった。

242

第五章

　瓦礫を撤去し、侵入者をその下から引きずり出す。

　グレゴリーに殴られ、瓦礫の下敷きになった侵入者の生存は絶望的だと皆は思っていたのだが、

なんと男には息があった。

「うっそだろ、生きてるぞ」

「ギリギリだけどな」

「なんてしぶとい野郎だ」

　気を失っている侵入者に正騎士達は驚きつつも、死なない程度に治癒魔法をかけて枷を付ける。

今意識を取り戻されても面倒なので、そのまま起こすことなく牢に運んだ。

　その様子を見守りながら、マデリーンは溜息をつく。

　このぶんだと事情聴取などでデートは中止だろう。

　残念に思いながら、隣に立つグレゴリーの顔を見上げた。

　彼は、騒ぎを聞きつけてやってきた若い騎士とこれからのことを話している。

「——では、アレッタのほうにも手練れの侵入者が？」

「はい。そちらはアレッタ嬢が捕まえてくれましたので良いのですが、まだいるかもしれず、巡回

の人数と回数を増やしています。ただ、この騒ぎでは、そうした者は学園外に逃げている可能性が高いとのことです」

「まあ、そうだろうな」

その後、正騎士から事情聴取への協力を求められ、案の定デートの中止が決定した。

仕方がないとは思いつつも、納得できないのがデートを楽しみにしていた乙女心というもので

ある。

これはもう残り時間に匹敵する思い出に残る何かが必要なのでは、と考えるマデリーンは図太い。

今さっきまで陥っていた危機的状況を既に乗り越えている。

第三者がそれを知れば、彼女は本当に蝶よ花よと育てられた貴族のご令嬢なのだろうかと驚き、

疑問に思うだろう。

お陰様で、心の傷になってやしないかとマデリーンの様子をさりげなくうかがっているグレゴ

リーの心配が、杞憂となってしまっている。

さて、そんなマデリーンなので、こうなれば今すぐに思い出を作るべしとばかりに隣に立つグレ

ゴリーに近づき、するりと腕を絡めた。

デジャヴ！

グレゴリーはいつかの再現の如き彼女の行動に、ガチリ、と身を固める。

来るぞ……、爆弾が来るぞ！

戦場で鍛えられた第六感が警鐘を鳴らしていた。

「ところでグレゴリー様」

「な、なんでしょうか……」

思わず敬語になったグレゴリーである。

「危機的状況を乗り越えた男女であれば、やはり抱擁の一つもあるのが当然かと」

「え」

ポカン、とした表情の彼をマデリーンは艶やかに流し見て、告げる。

「今回はせっかく鎧がないのですし……ね?」

そう言われ、グレゴリーは前にマデリーンが攫われて救出した際にした抱擁を思い出した。

「マ、マデリーン殿?」

身を離し、さあ、と腕を広げる彼女に動揺し、思わず腰が引ける。

対するマデリーンは、慌てまくる可愛い婚約者にニコニコと笑みを向けた。

助けを求めるかのようにグレゴリーが視線を彷徨わせるが、警備の人間達は侵入者を回収して今まさに撤収しようとしており、唯一目が合った後輩にはイイ笑顔でサムズアップされる。

その後、顔を赤くして狼狽えるグレゴリーがどうなったかというと、マデリーンがその夜にポツリと零した「筋肉って案外柔らかいのね」という一言に集約されていた。

　　　＊＊＊

「——それで、今回の大量の侵入者の件なんですが、どうもリゼット・フォルジュ嬢が関係しているみたいです」

そう教えてくれたのは、マデリーン付きのメイドであるメアリーだった。

文化祭が終了した翌日の午後にはそれなりに詳細な裏事情を集められることから、彼女の優秀さが分かる。

彼女が集めてきた情報では、リゼットがマデリーンが見失った後、もう一つの騒ぎであるアレッタ達のもとに辿り着き、人質にされたらしい。

その際に彼女がこの学園に外部の人間を違法に入れたのだと示唆する言葉を零したそうで、現在王城にて取り調べ中だ。

「あの方、とんでもないですよ。警備の生徒達の見張りをどうやってか撒いたかと思えば、一階にあるパウダールームの窓から逃げたらしいんです」

「えっ」

普通の貴族の令嬢が窓から脱出するなんて、命に関わるような緊急事態でない限りあり得ないことだ。

信じられない、とばかりにマデリーンは目を丸くする。もっとも、彼女が知らないだけで、二階の窓から木に飛び移った女生徒もいるが、まあ、知らぬが仏だ。

マデリーンは綺麗な指で卓をコツコツと叩く。

「……まず、リゼットさんの手引きで侵入者がいたことは確定なのよね？」

「詳しいことは分かっていませんが、無関係ではないそうです」

そうなると、リゼットのカルメ公国への強制送還は確実だ。

貴族の子弟が通う学園内にあれだけの人間を侵入させたのだから、事は国家間の問題にまで発展している。罰は自国で受けるだろうが、まず表社会に出てこられないだろう。

しかし、カルメ公国も、こうなってしまえば少しでも己の利になる落としどころを探すに違いない。

い。ならば、彼の国はどう動くか……

「フォルジュ家はお取り潰しのうえ、国が接収かしらね。確かダンジョンがあるようだから、信頼できる者に管理してもらわなければならないわけだし……」

あの国は王太子がとある下級貴族の娘に入れ揚げ、オルタンスと婚約を解消されていることを知らないらしい。しかも、間抜けなことに彼はオルタンスが留学していることすら気がついていないのだ。

そんな愚かな男なので、いつかこのウィンウッド王国で起きた珍事と同じことをしそうだとマデリーンは思っていた。

なお、それが大当たりだと知るのは、数か月後のことだ。

そうしたことから、あの土地は新たに王太子になるだろう側室腹の第一王子が処理するはずだ。

「上手く己の派閥の者に任せるか――」

「オルタンス様のご実家が出てきそうね」

あれはなかなか旨味のある土地なのだ。

何せ、ホワイトジゼン草という薬草の栽培に成功しており、その技術ごと手に入ればかなりの利益になる。

現王太子から受けた被害の程度によっては、ルモワール公爵家が慰謝料代わりに持って行きそうであった。

「事をスムーズに収めるなら、オルタンス様を利用したほうが良いわね。そうすると、リゼットさんはオルタンス様を狙って刺客を学園に招き入れた、というふうになりそうだわ」

真相がどうであれ、そういうことになるだろう。

しかし、それにしても……

「リゼットさんは、何を思ってあれだけの人数を学園に侵入させたのかしら?」

まさか自作自演でフリオとのイベントを起こそうとしていたなどと想像もできず、マデリーンは小首を傾げたのだった。

248

エピローグ

あの文化祭から数日後。マデリーンは何故かベルクハイツ夫人と町にあるカフェの個室でお茶をしていた。

なんでも夫人は王城に用があったらしい。その用事が無事に済み、せっかく王都に来たので未来の嫁とお茶をして帰ろうと思ったそうだ。

「グレゴリーは羨ましがるでしょうね」

「はぁ……」

ニヤ、と嗤う彼女の姿は美しいが毒がある。文化祭でのデートがトラブルのせいで中途半端に終わった息子を煽る気満々だ。

「ちょっと忙しくしていたのだけど、ようやくその目途が立った途端、あの子達が四阿と渡り廊下を壊したっていうじゃない？　もう、どうしてやろうかと思ったわ」

あれこれと仕事が忙しく、ようやく一息つけると思ったところに学園から連絡が来て、壊したものの弁償に関して手を回さなくてはならなくなったのだ。あの時は疲れのあまり、オリアナは天を仰いだくらいだ。

「本当に、あの子達はそれぞれが学園に入るごとに何か壊して仕事を増やすんだから……」

彼女が零すのは愚痴だ。マデリーンは苦笑しながら聞き役に徹する。そして、そうして暫くブツブツと愚痴を吐くと、オリアナは気が済んだように一つ溜息をつく。そして、話題を変えた。

「そうそう、マデリーンさんに話しておこうと思っていたことがあるのよ」

そう言って切り出したのは、文化祭での騒動の顛末だ。

なんでもリゼットはフリオとの仲を進展させるためだけに裏社会の人間を雇い、学園に侵入させたらしい。

「けど、妙に手練れの侵入者は彼女の手の者じゃなかったのよ」

彼らは、文化祭準備期間中に下見として侵入させた人員が次々に捕まっていった原因を突き止めるために送り込まれた人間だったようだ。

それにぶち当たってしまったマデリーンは、迷惑な話だと顔をしかめる。

「それから、あの小娘はオルタンス様を狙って刺客を招き入れたことになっているわ」

「ああ、やはりそうなりましたか。そちらのほうがらしいですものね」

オルタンスの――ひいては国家間の思惑を察していたマデリーンは、苦笑する。

男の気を引きたかった貴族の令嬢が国家間に亀裂を入れかけたなど、諸外国には知られたくない案件だ。あまりにも馬鹿馬鹿しすぎる。

「オルタンス様はこのまま王太子殿下へ興入れなさるでしょうね。あの方が王妃様になってくださるなら嬉しいわ」

250

「あら、お気に召されたのですか?」

マデリーンとしても、聡明な彼女は好きなほうだ。

そんなマデリーンの考えをよそに、オリアナは美しくも悪辣に笑った。

「ええ。あの方なら王太子殿下の無駄吠えを上手に宥めすかしてくれそうだし、我が領に突っかかる暇があるなら他のことに労力を割きたいと思われるでしょうね」

その言葉にマデリーンはぎょっとする。オルタンスに対してオリアナは何かしたというのだろうか。

オリアナはなおも楽しげに言う。

「ふふ。良いお付き合いができそうで良かったわ」

結局何があったのかは知らされず、話題が逸れる。そうして将来の義母娘のお茶会は和やかに終わった。

オリアナが何をしたのかをマデリーンが知ったのは、グレゴリーの手紙でだ。

「ホワイトジゼン草の栽培方法を抜いてくるなんて、流石はオリアナ様だわ……」

ホワイトジゼン草はリゼットの実家であるフォルジュ家の一大特産品であり、生命線だ。かの薬草は栽培方法が分からず、その生産をフォルジュ家が独占していたのに、今回のことでベルクハイツ家に流出した。

「これ、リゼットさんが馬鹿なことをしなくても、フォルジュ家はいずれ没落していたでしょうね」

あのやり手の夫人である。販売ルートを押さえ、近いうちに乗っ取っていただろう。

そして、今回フォルジュ家を潰すことで利益を得ようとしていた者達にとっても、これは痛手になったはずだ。

そこで気づく。もしかすると、オルタンスの実家——ルモワール公爵家がフォルジュ家のそれを本当に狙っていたかもしれない可能性に……

おそらく漁夫の利程度の心持ちだったろうが、目の前で獲物をかっさらわれた状態だ。大貴族たる公爵家のプライドがさぞ傷ついたに違いない。

「けどねぇ、これ、ベルクハイツ家が先に目を付けていた獲物だったわけだし……」

リゼットに喧嘩を売られたが故の報復だ。原因はそれなのだから、ルモワール公爵家がどうこう言う権利はない。

「ああ……、これは考えれば考えるほど厄介だわ。今回の件で、オルタンス様ならオリアナ様を敵に回すのは避けるでしょうね」

流石はベルクハイツの悪魔だと、しみじみと感心する。

是非ともこんな有能な淑女になりたい。

王太子が聞けばやめてくれと懇願し、婚約者が聞けば困ったように笑うだろうことを考えながら、マデリーンはグレゴリーの手紙に再び視線を落とす。

そうした一連の騒動の顛末以外では、オリアナにマデリーンとの未来の義母娘デートを散々自慢され、煽られたことが書かれていた。

252

直接的な表現ではないのに、滲み出る羨ましさ、悔しさが隠しきれておらず、マデリーンの口角が上がる。

本当に可愛い人ね、とにやつく口を扇で隠しながら考えた。

次に会えるとしたら、やはり冬休みになるだろう。

冬の王都は社交界が賑やかになる。農地の収穫が終わり、領地間の道が雪に閉ざされるぶん仕事が減るその間に、貴族間の交流を持とうとするのだ。

「私がベルクハイツに求められているのはそうした交流会に出て顔を繋ぐことだし、これは外せないわ」

しかし、グレゴリーには会いたい。

「どうにかして時間を作らないと。お父様に連絡をとって、メアリーと相談して……」

計画を立てつつ、頭の片隅で別の件についても考える。

腕を組んでデートをして、抱擁もした。ならば、次は何だろうか……

やるべきことのピックアップが終わり、思わず呟く。

「次は、口づけかしら……」

零れた言葉に、赤面する。

「やだ、私ったらはしたない！」

オロオロしながらキャーキャーとはしゃぐなどという器用なことをしながら、マデリーンは冬休みを指折り数えて待つ。

しかし残念ながら、その冬休みで彼女は望みを叶えられなかった。

ベルクハイツの宿命というべきか、トラブルに愛されているかの如くそういう雰囲気の時に限って邪魔が入るのだ。

ただでさえ硬派で照れ屋な婚約者は抱擁だけで耳まで真っ赤になるというのに、そういう機会は滅多に訪れず、機会を逃せば彼がマデリーンに積極的に手を出すはずもなく……

マデリーンが愛しい婚約者殿の唇にようやく触れることができるのは、結婚式での誓いのキスであることを、この時の彼女は知る由もなかった。

愉快なベルクハイツ領編

ベルクハイツ領には領軍が詰める砦がある。

そこでは魔物の脅威から町を守るため、常に屈強な戦士が己を鍛える日々を過ごしていた。

そんな武骨なイメージしかない砦だが、ある一角に何故か薔薇園がある。

それは、ベルクハイツ家始まって以来、初めて女の子が生まれた時に、とある部隊がお祝いと称して提案し、作られたものだ。

その提案をしたのが、ベルクハイツ領軍の色物部隊、魔物討伐軍第十六部隊——通称『漢女部隊』である。

『漢女部隊』とは、所謂オネェが集まった部隊だった。

彼女らは見かけこそ筋骨隆々の逞しい体をしているが、中身は花も恥じらう乙女だ。……その花は食虫植物的なアレですか、とは聞いてはいけない。

ここ、ベルクハイツ領では、実は彼女達のようなオネェ様やオニィ様、または開けてはいけない扉をオープンした人間が一定数存在する。それもこれも、この地がすぐ側に戦場がある、死に近い場所だからだ。

そういうオープンしちゃった人間は、特に戦場に出る兵士だった者が多い。

彼らは己の死を感じたその瞬間に、もっとあんなことやこんなことをすれば良かったと後悔し、生還した際に爆発するのだ。

ベルクハイツ領の人間は、好きなことをすれば良いと彼らを温かく受け入れている。まあ、稀にトンデモネェ人間が誕生するのには遠い目になるが……

何はともあれ、そんなオネェ様達はいずれお嬢様をお招きし、一緒にお茶をするのだと言って頑張った。

雇われた老齢の庭師に薔薇の世話の仕方を聞き、彼の指示に従ってできる範囲で世話をする。そして、ついにお嬢様――アレッタが十歳の時にそれを叶えたのだ。

彼女達はその時のことを今でも鮮明に覚えている。

小さな淑女はまじまじと自分達を見て一つ頷き、弾けるような笑顔で言った。

「はじめまして、オネェさま達！ アレッタ・ベルクハイツと申します！」

オネェ達は動揺した。今まで自分達を見てこんなに素直な笑顔を見せた少女はいなかったのである。

彼女達は少々子供受けが悪い。

どうにも子供にとっては、この鍛えられた肉体美や磨き抜かれた美しさが理解しづらいようで、悪くすれば泣かれるのだ。――まあ、たまに悪ガキが揶揄うようなことを言うのだが、その時はお望み通り構ってやることにしている。

漢女部隊の隊員達はポジティブなナルシストという最強生物なので、そうやって子供に逃げられようが、大人に引かれようが、我が道を歩いている。「私達が美しすぎるばっかりに近づきがたいのね……」と、心にかすり傷すら負わず。

しかし、やはり子供には素直に好かれたいとも思っていた。故に、アレッタの反応は彼女達にとって、とても好ましいものだったのだ。

どれだけ好ましいかというと、顔を合わせるたびにお茶に誘い、菓子を与え、彼女が部隊を任される前から直属部隊にしてくれと嘆願書を出すくらいである。それはもう可愛がっていた。

そんな可愛がっていた少女が婚約した時も盛大に祝ったし、結婚式のブーケには薔薇園の薔薇も使ってもらおうと盛り上がった。

しかし、そんなある日、もたらされた凶報に、彼女達は憤怒の声を上げる。

なんと、彼女達の大切なお姫様が、婚約者に浮気された末に婚約を解消することになったというではないか。

オネェ様達はドスの利いた恐ろしく低い声で「野郎ブッ殺してやる！」だとか、「タマはいらねぇようだなぁ!?」とか、うっかり地を出して怒りの咆哮を上げた。

周りの兵達が「やべぇもん見た」とばかりに蜘蛛の子を散らすかの如く全力で逃げたことから、その絵面の酷さはお察しである。

結局、アレッタの元婚約者候補だったフリオとめでたくまとまったことでその怒りは多少鎮火したものの、タマを取ってやりたいという思いはまだあった。取るのは何のタマかとは聞いてはいけ

258

ない。

そうやって怒りを燻すぶらせていたところに、根性を叩き直すために件のくだん浮気男を領主様がお持ち帰りしてくるというではないか。

この報せに、オネェ達のみならず、ベルクハイツ領軍は燃えた。

是非ひともその役目を我が隊に、と嘆願書を提出する部隊が後を絶たない。

漢女部隊もまた同じように嘆願書を提出した。しかし、残念ながら奴はベルクハイツ家長男の部隊に配属されることとなる。

薔薇園ばらえんでお茶会をしながら、「残念ねぇ」と溜息ためいきをつく隊員達だったが、彼女達の隊長——デリス・モンバートンは言った。

「でも、あの浮気男の根性を叩き直す機会がないわけじゃないわ」

デリスは青い瞳に、見事な金髪ドリルヘアーを持つオネェ様だ。

そんな彼女は筋骨隆々きんこつりゅうりゅうな立派な体躯たいくの持ち主で、その自慢の肉体はレースをふんだんにあしらった青い騎士服に包まれている。

手が大きすぎるために小さく見える白磁のカップをソーサーに置き、金髪ドリルゴリラデリスはキリッとした顔で告げた。

「部隊同士の合同演習で対戦相手になればいいのよ」

その言葉を聞いて、ウツクシキゴリラ達はその手があったかと沸く。

「アラ、じゃあ早く申請しなきゃね。他にも気づいた部隊が立候補しちゃうわ」

そう言ったのは黒髪をショートボブカットにした副隊長のセルジア・ウォーレンだ。巷ではピンヒールモンスターと呼ばれているオネエ様である。

彼女は赤いピンヒールブーツを好んで履いており、戦場ですらそれを脱がず、むしろ特注で特殊加工されたそれで魔物を踏み抜いている。

お陰様で周りの男達はビビり散らし、赤いハイヒールやピンヒールへの夢を壊されていた。

そんなピンヒールモンスターは「じゃあ、申請書持ってくるわね」と言ってその場を後にし、残された面々は演習でどういうふうに攻めるかを相談する。

「あの浮気男をゲイル様の部隊が起用するとしたら、どのポジションかしら」

「普通なら場慣れするまでは後衛だけど、あの男の性根次第では前線スタートかもしれないわ」

「ああ、お守り付きのアレね」

「一定数ナマイキ君がいるものね」

それなりに強かったりすると、自分の力を過信して上の言うことを聞かない者が出てくるのだ。

そういった者はまず先に演習などの比較的安全な場所で心を折る。

そして、そうした洗礼を受けても変わらなければ、漢女部隊に送られるのだ。

「そう言えば、アナタも最初はナマイキ君だったわね」

「ヤダ、そんなの昔の話でしょ」

今では立派なレディよぉ、と言う隊員は、昔は女遊びが酷く、ヘラヘラとした無責任な若者だった。命令違反を繰り返し、反省の言葉は口先だけ。このまま軍の外に放り出しても面倒な問題を起

260

こしそうだということで、漢女部隊に放り込まれた。

実はこの漢女部隊、入ると七割の確率で何故かオネェ化するのだ。

その性根を叩き直してやるとオネェ様に可愛がられた彼もまた、見事にその七割に該当し、部隊に染まり切って今では立派な戦場の漢女の一人となった。

漢女部隊の隊員の約半数がそうした経緯で所属している。ベルクハイツ領軍の漢女部隊は、戦慄と恐怖の代名詞だ。お陰様で漢女部隊送りにするぞ、と言えば大抵の奴は大人しくなる。それでもやらかす愚か者だけが漢女部隊行きになるのだ。

使えない問題児をやべぇけど使える漢女にすることを躊躇わない上層部に、ある意味畏怖を感じるとは誰の言葉だったか。

漢女部隊の存在を知って「やべぇな」と思った奴は正常である。「馬鹿みてぇ」と嗤った奴がいずれ漢女部隊行きになる問題児だ。

そんな阿呆共に「アレがお前の未来の姿ですよ」という言葉を通り魔的に落としていくのが、ベルクハイツ家の三男坊だ。

彼には裏でそっと囁かれる『地獄からの使者』という二つ名がある。何故そんな二つ名が付いたかというと、彼が人事の一端を握っているためだ。

そう、人事。……人を異動させる、人事。

つまり、そういうことである。

勇猛果敢で鳴らす領軍の男達をビビらせる漢女部隊に目を付けられた浮気男──ルイスの今後は、

まあ、大変になることは間違いなかった。

　　　＊＊＊

　さて、その問題のルイス・ノルトラートは困惑していた。

　ベルクハイツ領に転属となって早一か月。愛のためとはいえ、多方面に迷惑をかけての異動に文句はない——否、文句を言う資格がなかった。

　事の発端が、婚約者がいるにもかかわらず、彼がレーヌ・ブルクネイラ公爵令嬢の手を取ったことにある。

　レーヌは学園主催の舞踏会で彼女の婚約者であるアラン王太子から理不尽な糾弾を受け、果てには国外追放を言い渡された。その時の彼女の凛(りん)としながらも儚(はかな)く頼りない姿を見て、居ても立ってもいられずルイスはその手を取ったのだ。

　結局、国外追放の命は取り消され、愛する彼女はその地位を捨てずに済む。けれど、ルイスが公(おおやけ)の場で彼女と共に国を出ていくような発言をしたことから、立場が悪くなった。

　それは彼が国の重要人物であるベルクハイツ子爵の娘——アレッタの婚約者だったせいだ。

　ルイスはそうしたことからベルクハイツ子爵の怒りを買い、ベルクハイツ領への転属が決まった。

　ベルクハイツ領はしょっちゅう魔物(スタンピード)の氾濫が起きる地。それを利用して、不幸な事故を起こされるのだと、当初ルイスは考えていた。

262

しかし、どうやらそれは違うらしい。

その証拠に、つい三日前に起きた魔物の氾濫（スタンピード）では「新人のお前は足手まといだ。砦で待機していろ」と所属部隊の先輩に言い渡された。お陰様でルイスは今日も五体満足で訓練に参加している。

それでは、彼だけ過酷な訓練を課せられて虐げられているのかといえば、それもない。

確かに訓練は過酷でキツイが、かなりギリギリを攻められているものの、実のところ先輩の騎士や兵達のほうが余程ハードな訓練をしている。虐めなどはあり得ない。

けれど厳しい目で見られているのには変わりなかった。

この一か月で領主一家がどれほど慕われているのか、ルイスは思い知らされている。ならば、その厳しい目は甘んじて受けるべきだろう。

そう、思っていたのだが——

「ノルトラート、生き残れよ」

「気を強く持つんだぞ」

何故（なぜ）か今は同情されている。

突然このような対応を取られるようになり困惑しきりのルイスがその理由を知ったのは、翌日の部隊同士の模擬戦でのことだ。

「ルイス・ノルトラート！ アナタの根性、叩き直してさしあげますわ！」

筋骨隆々（きんこつりゅうりゅう）の金髪ドリルオネェゴリラというとんでもねぇ化け物に、そう高らかに宣言されたのだ。

金髪ドリルオネェゴリラはそれだけ言うと、さっさと自陣に戻る。後にはなんとも言えぬ空気が

漂った。

エッ、何あれ？

と未知との遭遇を果たしたルイスに、同じ部隊の先輩達がしょっぱい顔で教えてくれた。

「あれはアレッタ様直属の魔物討伐軍第十六部隊——通称『漢女部隊』だ」

かつての婚約者の直属部隊と聞いて思わず身を固くする。しかし、再び彼らを視界に入れると、どうしても困惑が強くなった。

「あの……、何故あの方達は女性のような化粧をしていらっしゃるのですか？」

「あー……」

王都にいなかったタイプの人間なんだろうな、と容易に想像できるその質問に、問われた先輩騎士がどう答えたもんかと口ごもる。

「心がレディなだけです」

そんな彼の代わりに答えたのは、いつの間にやら来ていた、ベルクハイツ家三男のディランだ。

「あ、これはディラン様。お疲れ様です」

先輩騎士の言葉に鷹揚に頷き、ディランがルイスに向き直る。

「彼女達はアレッタの直属部隊ですが、妹は学生ですからね。学園を卒業するまでは私の下に仮所属となっています。彼女達と関わる時は、武の心得があるレディとして扱いなさい」

それが一番間違いがないとディランは言うが、先輩騎士はそれが一番難しいと教えてくれた。

だってあれ、よく分からない生き物なんだもん。

彼には漢女部隊以外のオネェの知り合いがいるらしいのだが、明らかに違う生き物だそうだ。ナルシストポジティブモンスターの相手は常人には難しい。

実際それができているのは、アレッタとディランくらいのものである。他はわりとグダグダだ。

そのせいもあり、今では漢女部隊を完璧にレディとして扱っているため、理想の王子様扱いされている。ディランは最初こそ戸惑っていたが、今では漢女部隊を完璧にレディとして扱っているため、理想の王子様扱いされている。

さて、そんな彼女達に目を付けられたルイスだが、内心はどうあれディランの指示に従うべく了解の意を返した。

ディランはその返答によろしいと頷き、自陣たる漢女部隊のほうに戻っていく。

それを見送り、先輩騎士が言う。

「とりあえず、お前さんは一応前線だが、後ろに下がりやすい場所に配置されるから、駄目だと思ったら変な意地を張らずに即座に下がれよ。いいか、即座に、だからな」

即座に、を強調する彼の目は恐ろしく真剣だ。

「あいつらの戦い方は結構独特でな、初見だと色々刺激が強いんだ。どうにか理性を保って、背を向けて逃げるような『敵前逃亡』はしないでくれよ」

火に油を注ぐような『敵前逃亡』はしないでくれよ」

ルイスはその忠告に素直に頷いたが、それがいかに難しいかを数十分後に知ることととなった。

＊　＊　＊

ベルクハイツ領の演習場は城壁の外にある。

『深魔の森』から離れているものの、稀に演習中に魔物が乱入することもあった。

しかし、領軍はそれを平気な顔をして狩り、昼飯に一品追加する程度には図太く逞しい。

そんな彼らでも、今の目の前の脅威には腰が引けていた。

「うえぇ……、相変わらず目に痛い格好しやがって……」

「おい、あいつ網タイツ穿いてやがるぞ」

「魔物の前に俺達の精神を殺しにかかってやがる」

「いや、それ以前に防御力のなさをつっこめ」

「ある意味攻撃力が上がってるけどな」

兵達の囁き声――というより呻き声に、彼らの上司であるベルクハイツ家長男のゲイルはなんとも言えぬ顔になる。

それもそのはず、副官と模擬戦の最終確認をしている二人の漢女部隊隊員は、それぞれとても個性的な格好をしていた。

まず、戦闘員なので鎧を着ている。それはいい。しかし、その鎧がメタリックピンクとメタリックパープルに染められているのだ。

266

そして、服装は支給されている兵士用の服ではなく、私服と思われるものを着ていた。

メタリックピンクは、お高そうな滑らかな生地のシャツに、ふんだんにヒラヒラと布を重ね、要所にリボンを付けてやたらと乙女チックな格好をしている。

メタリックパープルは、上はシンプルな白い女性物のシャツなのだが、下はショートパンツ。その下から出る逞しい脚には網タイツと黒のロングブーツを履いていた。

もしこれを日本のオタクが見れば、ファンタジーゲームヒロインの服装をゴリラが着てやがると泡を噴いて倒れるだろう。それほど衝撃的な絵面である。

そうした知識はもちろん皆無であり、オネェ初遭遇の王都産ルイスは、「あの人は何故、模擬戦であのような格好をしているんですか?」と、もっともな疑問を先輩騎士にぶつけていた。

先輩騎士が物凄く困った顔をしていたので、ゲイルが助け舟を出す。

「奴らが着ているものは全て魔物素材の高級品だ。防御力がないように見えるが、支給されている服よりもよっぽど頑丈な代物だな」

一部の兵達は防御力が低いと誤解しているようだが、おそらく普通の革鎧よりも傷つきにくい。打撲を受けることはあれど、切り傷からは守られるだろう。

「あの服のデザインは、まあ、趣味だろうな」

ある意味男を殺す服である。

強くて頼もしい戦士である彼女達だが、戦場ではできればご一緒したくない。

「ゲイル様、前から思っていたんですが、あの格好は風紀を乱していないんですか?」

なんか怖いので仕事中だけでも普通の服を着てほしい、としょっぱい顔をする部下に、ゲイルが微妙な顔で言う。

「実はな、アレ、いくつか前の漢女部隊の隊長が先代領主に直談判して了承を得たものなんだよ。

丈夫であり、自費で用意するなら好きな服を着ても良い、ってな」

ちょうどその頃は、気候の不運が重なって領に金がない時期だった。

少しでも経費削減をしたかった先代領主夫人がゴーサインを出し、先代領主も自費で良いならと

許可を出す。当時の漢女部隊の隊長もそれを分かっていて要望を出したのだから、なかなか強かだ。

「今さら許可を取り消すのもちょっとな」

一度許された権利を取り上げられると、非常に不満を感じるものだ。ゲイル――なんなら軍上層

部全ての人間は、漢女部隊を敵に回したくない。

それに一度戦闘に入ってしまえば、そんなことは気にしていられなくなる。それなら、彼女らが

何を着ていようが、あからさまにおかしなものでなければ目をつぶる所存だ。

「俺達の精神の安寧はないとおっしゃる……」

「そうだな」

けど、もう慣れただろ？ と言うゲイルに、部下は苦々しい顔で渋々肯定の意を返した。

そんな二人の会話を聞き、ルイスはもしかしてとんでもない人間に目を付けられたのでは、と冷

や汗を流す。

それは遅すぎる自覚であった。

268

＊＊＊

荒野に砂塵が舞う。

そこに在るのは歴戦の勇士達。

二つの陣に分かれて睨み合う。

戦場の覇者の如き威風を纏う大柄の若き戦士――ベルクハイツ家長男ゲイルを頭とする兵達は、皆相応の面構えをしており、見ただけでその強さがうかがえる。

それに対するは、白い鎧を身に纏う金髪ドリルヘアーのゴリ……戦士である、魔物討伐軍第十六部隊隊長デリスだ。

本来デリス達を率いるのはベルクハイツ家の末っ子であるアレッタなのだが、彼女は王都の学園に入学したため、デリス達はベルクハイツ家三男のディラン預かりとなっている。

しかし、そんなデリス達の頭にディランが据えられたのかといえば、そうではない。あくまで預かっているだけであり、戦場に立って指示を出すのは彼直属の部隊へだけで、その役目はアレッタが帰ってくるまではデリスが受け持っている。

デリスはアレッタが再び自分達の頭となるまで、無様な戦いはすまいと決意を新たに、肩にかかった己の巻き毛を後ろに払う。

体は戦士、心は勇敢な漢女デリスは、同士にして部下たる漢女達を率いて戦場にまっすぐに立つ。

漢女達は、思い思いに戦場に立つに最も相応しく、美しい格好をして相手側を見つめていた。

対する歴戦の勇士達は、ある意味語彙力が消失しそうなほど迫力がある漢女達を前に、歯を食い

しばって耐える。何か知らんが怖い。

特に漢女達の目の敵にされている新人ルイスは、ガックガクに震えていた。どうも子孫を残せる

か否かの危機に立たされている気がするのだ。

これを漢女達が聞けば、なかなか良い勘をしていると言っただろう。なにせ、タマとったるでぇ、

と思っていたので。

双方構える得物は刃を潰した演習用のものだが、鉄の塊であることには変わりなく、簡単に骨

を折る代物だ。そう簡単には死なないように配慮されているとはいえ、危ない。

もちろん、漢女部隊のものも非殺傷を目的としている。しかし、そういう判断のもとに選ばれた

得物の半数が編み上げ鞭というのはどういうことだ。

想像してほしい。ゲームヒロインの格好をした化粧ばっちりのゴリラが編み上げ鞭を持って、

如何にも「調教してあげるわ！」と言わんばかりのサディスティックな笑みを浮かべている様を。

シンプルに怖い。

お陰様で戦場外に待機している救護班の鎮静剤のストックがいつもより多くなっている。漢女部

隊が対戦相手だと、とんでもねぇ恐ろしいもんを見たとばかりに錯乱する負傷者が増えるのだ。

たまに鎮静剤の数が足りなくなり、「鎮・静・剤！」と唱えながら物理で意識を狩り取らなくて

はならなくなるほどである。

270

町の一般市民なオネェさんはちゃんと人類なのに、奴らはそれから大分はみ出している。本当は別宇宙から来ましたと言われたら、素直に納得してしまいそうだ。

そんな外宇宙生命体の群れから、打ち合わせを終えたディランが救護所へ向かったのを確認し、審判兼監督役の老騎士が大きな銅鑼を一度鳴らした。

その音を聞き、双方の陣営から騒めきが消えていく。

これは、演習開始前の合図だ。

老騎士は続けて五度銅鑼を鳴らした。

双方得物を握りしめ、睨み合う。

そして、老騎士が大きくバチを振りかぶり、開始の合図を鳴らした。

＊＊＊

号令の下、男達は走る。

ゲイルの部隊の最前列は槍を構えていた。

槍はリーチがあるぶん相手をこちらに寄せ付けず、どういなし、突くかがポイントだ。

しかし、対する漢女部隊もリーチがある鞭を持っているのは変わらない。

何をどうすればそんな器用なまねができるのかと疑問に思うほど、隙間を縫って槍を持つ手を叩いてくるのだ。

中には力自慢の漢女に鞭にて槍を搦め捕られ、そのまま強奪される者もいる。

そうして得物を奪われた男は素早く足に鞭を絡められ、一本釣りにされた。

そうした者達はイヤァァァ、と雑巾を裂くような野太い悲鳴と共に漢女の群れに投げ込まれ、この未熟者！ と愛ある指導をされて戦場外へ放り出される。

ボロボロの姿でガクガク震える男に仏心が出たのか、「大丈夫よ、アンタはまだ強くなれるわ」と優しい言葉をかけた漢女がバチコーンと送ったウィンクがさらに深い傷を与えたことは、脱落者を回収した救護班の人間しか知らない。

そんなとんでもねぇ爆撃を受けた脱落者の様子に青褪めながら、絶対負けられないと己の尊厳的なナニカのために奮起する男達に、流石はベルクハイツの戦士だわ、と漢女達もますます燃え上がる。

彼女達の勢いは止まらず、ほぼすべてのゲイル部隊の先兵が懐に潜り込まれ、槍のリーチが意味をなさなくなってきたところで角笛が鳴った。

「槍隊、下がれ！」

号令と共に槍を持つ戦士達が後方へ下がり、代わりに刃引きした長剣を持つ戦士が出てくる。

それを見て鞭を持つ漢女達は半数程度下がり、代わりに鎖付き鉄球を持つ者と刃引きした大ぶりの半月刀を持つ者が前へ出てきた。ちなみに、これが魔物相手だと、鉄球はトゲ付きのモーニングスターになるのだが、今回は演習のためにただの鉄球になっている。

双方容赦なくぶつかり、鉄同士が火花を散らす。

272

鎖付き鉄球がとある戦士の顔めがけて飛んでくる。彼がそれを避けると、後ろから金属の衝突音と鈍い呻き声が聞こえた。

後ろにいた者に当たったのだ。

しかし、それを気にしている暇はない。それを投げた者の剛腕が『己を襲おうとしている。それを何とか躱し、相手の腕を取って身体強化の魔法で力任せに放り投げた。すると、「イヤ〜ン」と気の抜ける悲鳴を上げて飛んでいく。

ああいうのをやめてほしいな、と、その戦士はしょっぱい顔をして続く他の者の攻撃をいなし、剣を振った。

そうした攻防があちこちで起きているのを、後方でゲイルが見ている。

「あー……、何と言うか、いつもより必死さが違うな」

「そうですね……」

副官が微妙な顔をして頷いた。

部隊の頭であるゲイルや副官は後方に控えているのだが、いつ漢女が飛び込んでくるか分からないので、それぞれ得物を持って警戒はしている。

今回の演習は一隊五十人程度の少し多い小隊規模同士なので、前衛と後衛に分かれていても、最終的には総当たり戦の様相を呈するだろう。

それにしても、大隊同士の演習並みに迫力がある。ゲイルが言ったように、必死さが違うのだ。

「魔物相手とは違う必死さなのがまた……」

「……必死にもなるかと」

副官の視線の先には、「ヤダ、やりすぎちゃったわ！　呼吸が止まってる！　人工呼吸を！」と言ってトドメを刺している漢女と可哀想な被害者がいた。

やべぇ現場から目を逸らし、次にゲイルが見たのはルイスだ。

ルイスは漢女達のあまりの迫力に、へっぴり腰になりながらじりじりと後退していた。

一目散に逃げ出さないだけマシだが、彼の前にいた先輩戦士達は漢女達と交戦し、失格、もしくは戦闘不能になりつつある。ルイスの接敵はもうすぐだ。

「あ、ヤバイのが来てますね」

副官のその言葉に、彼の視線の先を追って、ゲイルは頬を引き攣らせる。

そこには、赤い鎧を身に纏った漢女部隊副隊長のセルジア・ウォーレン――通称ピンヒールモンスターがいた。

＊　＊　＊

自慢のショートボブカットの黒髪は赤いヘルムの中に。

鍛え上げた美しい肉体には、ヘルムと同色の赤い鎧。

自身のトレードマークたる特注の赤いピンヒールブーツで力強く大地を踏みしめたその者は、鞭をしならせた。

274

魔物討伐軍第十六部隊──通称漢女部隊の副隊長、セルジア・ウォーレンはギラリと目を光らせて睥睨するかの如く獲物を睨み付ける。

獲物──ルイス・ノルトラートは、その視線を受けて真っ青になり後ずさった。

セルジアはいっそう苛立ちを強くする。

こんな情けない男がお嬢様の元婚約者だというのか。

この男はセルジアの大切なお姫様を裏切った浮気男だ。いっそ去勢してしまいたいが、残念ながらそれは禁止されている。

男の身勝手に泣かされるのはいつも女だわ、と思わず己の過去を振り返りそうになるが、セルジアは頭を振ってその思考を振り払った。

お優しいアレッタ様のことだから、きっと一発殴って終わりにしてさしあげるつもりだろうけど、そんなのは生温いわ。二度とそんな不誠実なまねをできなくしないと！

そんなことを考える彼女を裏切った過去のオトコ達は、規制音なしには語れない目に遭っている。

自業自得以前に生存本能の有無が疑われる。

見るからにヤバイと分かるモンスターを引っかけ裏切るとか、正気ではない。そんな駄目オトコに引っかかったセルジアもセルジアではあるが……

それはさておき、今やるべきは目の前の獲物をどう料理するかだ。

しかし、獲物との間に障害たる兵達が立ち塞がっていた。

兵達は正直に言えば、どうぞお通りくださいと道を譲りたい。しかし、職務に忠実な軍人であり、

勇敢な戦士である彼らは果敢に彼女に挑む。 敵を前に戦わないという選択肢は、ベルクハイツの戦士にはあり得ない。

普段はアタシを見られないくらいウブなのに、戦場では真っ直ぐ向かってくるんだから、流石は誇り高きベルクハイツの戦士だわ、とセルジアは感心する。

なお、ウブだの何だのは、もちろんセルジアの勘違いである。

ポジティブなナルシストという最強生物は、「さあ、子猫ちゃん達！ アタシが遊んであげるわ！」と雄叫びを上げて鞭を振るった。

鞭はズバッチィィィィン！ と大きな音を立てて、空気を切り裂き戦士達を弾き飛ばす。

彼女が振るっているのは鞭であるはずなのに、弾き飛ばされた者の持っていた剣が折れているのはどういうことか。 恐ろしい威力である。

しかし、剣が折れても戦士達の骨が折れていないのもまた別の意味で恐ろしい。 感心を超えて呆れるほどの頑丈さだ。

そんな頑丈な彼らではあったが、立ち上がることはできずにあえなく退場となった。

――そして、遂にその時がやってくる。

ルイスは目の間に進撃してきた化け物を前に、なけなしの気力を振り絞って剣を構えた。 対するセルジアはそれを見て重々しく言う。

「逃げなかったことは評価してあげるわ」

だけど、手加減なんかしないわよ、と鞭を大地に向かって振り下ろした。

276

──ズガァァァン！

派手な音を立てて大地が抉れる。

その威力を見て、ルイスは唖然とした。

あんなものを受けなければ死んでしまう！

それでも逃げなかったのは、元王太子護衛騎士の意地であり、なけなしの実戦経験が逃げたら即お陀仏だと警鐘を鳴らしていたからだ。

歯を食いしばって剣を構えるも、これまで自分がいた王城というお上品な場所では鞭などという珍しい武器を使う者はおらず、戦い方がまるで予想できない。

最悪の事態になるのではと生存本能が悲鳴を上げているが、逃げることはもっとできないので腹をくくるしかなかった。

「う、うおぉぉぉぉぉ！」

意を決して剣で斬りかかるものの、それは簡単に避けられ、鳩尾に拳を入れられる。

「ごふっ!?」

鎧の上からのはずなのに、受けた衝撃は今までの人生の中で最も重いものだ。

それでも何とか意識を保ったのだが、それはきっと不幸なことだった。ここで意識を失ってさえいれば、この後の地獄は体験せずに済んだのだ。

そんなルイスに容赦なく二撃目が襲う。

鞭でのそれは正確に彼の足を搦め捕り、天高くルイスを釣り上げ、放り投げた。

あまりのことに声にならない悲鳴を上げて、ルイスは空を飛ぶ。視界の端に「あ、しまった」と言わんばかりの表情をしたセルジアが映ったが、そんな表情を読む余裕などない。

漢女と戦士達の頭上を飛び越え、彼は辿り着いてしまったのだ。

「あら、そちらから来てくれるなんて嬉しいわ」

そう言ったのは、聳え立つかの如く背筋をピンと伸ばして立つ、立派な体躯にヒラヒラと装飾のついた青い騎士服と白い鎧を着たゴリ――金髪ドリルヘアーの戦場の漢女。魔物討伐軍第十六部隊隊長、デリス・モンバートンだった。

＊＊＊

演習場に、怒号が響き渡る。

「まず！　婚約者がある身でありながら！　他の女の手を取るなんてあり得ない！」

アナタの罪を教えてあげるわ！　という一言と共に始まったそれは、どちらが格上であるか教える獣の調教じみていた。

デリスは演習で武器を使わない。彼女の武器は巨大な戦斧なのだが、人間相手にそれを使うと、ベルクハイツ家以外の人間にはオーバーキルになる可能性が高いのだ。

ならば演習用の武器を使えばいいだけなのだが、どうにもしっくりこない。ということで、彼女の演習用の武器はメリケンサックを嵌めた己の拳である。

278

今回もまた彼女は拳を鋭く振るっていたが、それは格段に手加減されたものだった。その証拠に、それを受けるルイスの剣は折れていない。

「それも！　公の場でなんて！　少しは頭を使ったらどうなの！」

しかし、ギリギリを見極めての攻撃に、ルイスの手が悲鳴を上げる。

「せめて！　会場の外で言いなさいよ！」

ルイスのあの日の愚行は関係各所に知れ渡っている。貴族ではない平民の出の士官にですら、その所業を「それってウチのお嬢様はもちろん、他の色んなところに迷惑がかかるんじゃないのか？」と責められるものだった。

それに気づかず、心のままにレーヌを助けに飛び出したのは、あまりに軽率だ。彼の言う通り、せめてレーヌが会場を去って人目につかない場所で言えば良かったのだ。そのままレーヌと共に失踪したならば、後はそれぞれの家が理由をこじつけてどうにかしただろう。

それに、現実では国王が登場して早々に場を収め、レーヌの国外追放は取り消されている。結果的にルイスは別の問題を投げ込んだだけになってしまった。

「アナタがもっと上手く立ち回れば！　お嬢様の名誉は傷つかずに済んだかもしれないのに！」

まったくその通り。

アレッタは公の場で婚約者が他の女を選ぶという仕打ちを受け、女としての名誉が傷つけられた。

そして、それはベルクハイツ子爵家が軽く見られている証とも受け取られるものだ。

「男として！　貴族として！　なんという浅薄さ！」

言葉を区切るごとに剣にとんでもない力が打ち付けられ、そのたびに逃がし損ねた衝撃がルイスの手を苛む。

「恥を知れぇぇぇ！」

——ギィィン！

ついに、ルイスの手から剣が弾き飛ばされる。

フシュウゥ……、と深く呼気を吐き出し、拳を握りしめる漢女部隊のボスゴリラを前に、ルイスはついに丸腰となったのだった。

＊＊＊

「あっ、アレはまずいですね。ノルトラートが丸腰になりました」

「そうか。よし、救護班にノルトラートが脱落したら回収するよう通達。あと左が押されているな。右はこちらが押しきれそうだが、中央は……ピンヒールモンスターがいるからなぁ……」

「今回は中央に若い奴らを多く配置しましたからねぇ……」

あいつ、剣以外は身体強化魔法使っても微妙だからこれ以上は無理です、と言う副官にゲイルは頷いた。

とても素直に「ギャァァ！　お前、絶対新種のモンスターか何かだろう!?」と若いのが叫んだせいで、「誰がモンスターですってぇぇぇ!?」とピンヒールモンスターはとてもハッスルしてしまっ

280

たのだ。逞しい漢女の脚がグリグリと地面に伏した若いのを踏みにじっている。

右側に配置した古参の連中ならこうはならなかっただろう。若さとは時に恐ろしい蛮勇さを発揮するものだ。

なんとも言えぬ絵面からそっと視線を逸らし、ゲイルが再びルイスに視線を戻した――その時だ。

「あっ」

ゲイルと副官の声が重なる。

「敵前逃亡……」

視線の先で、ルイスがセルジアに背を向けて逃げ出していた。

＊　＊　＊

多くの領では、敵前逃亡とは作戦の行動以外で敵に背を向けて逃げることを言う。

基本、下がるにしても敵から目を逸らすな、というのが軍共通の教えである。

特に新人はそれをしやすく、罰則としてそれはもう重い再訓練が課せられるのが一般的だ。

では、今回のルイスの場合はどうだろうか。

彼はベルクハイツ領に配属されたのは最近でも、武人としては新人ではない。

かつては王太子の護衛騎士として身を立てていたのだ。特に貴人の護衛なのだから、敵前逃亡などあってはならない。

282

だからこそ、彼の取った行動は特に許されないものになった。

「この、恥知らずがぁぁぁっ!!」

憤怒の漢女の形相に、「まあ、気持ちは分からんでもない」と言ったのは、ルイスを回収しに来た救護班の言葉である。

だが、「野獣から目を逸らすのは逆に危険」とも言っていたが……

身体強化魔法にてデリスの体の筋肉が膨張し、尋常ならざる力を生み出す。

その力の全てが拳に集まり、敵前逃亡した軟弱者の顔へと吸い込まれた。

——ゴシャァァ……!

「ぶべらっ!?」

あの断罪の日、『悪役令嬢によるザマァ物語』が全て悪役令嬢に良いように終わっていれば、『主人公』を救うヒーローになれただろう男の顔が、無惨にひしゃげた。

彼は殴り飛ばされた勢いのまま宙を舞い、数度バウンドして大地に転がる。

イケメン面が見る影もなく形が変わり、白目を剥いて気絶していた。

この程度で気絶するとはなんて軟弱なのかしら、とデリスは肩を怒らせてルイスに近づく。

そんな様子を見て、「やっべぇ、それ以上はオーバーキル!」と漢女部隊以外の人間が慌てる。

デリスは、情けなくも気絶してしまったルイスを起こそうと頬を張るために手を振り上げ——崩れ落ちた。

突然のことに、周りは何事かと目を丸くする。

そして、気づいた。

デリスの背後、その遠く直線状にいる存在に。

「ふ～……」

それは、若い女だった。

詰めていた息を吐き出し、構えていた麻酔銃を下ろす。

救護班の白衣を翻し、彼女は凛々しく言い放つ。

「ドクターストップ！」

本日のハイライトであった。

なお、漢女部隊の隊長を討ち取ったこの女性こそが、ゲイル・ベルクハイツの奥方であることは、

あまり知られていない。

　　＊＊＊

演習場に演習終了の銅鑼の音が鳴り響く。

何故か漢女部隊の隊長が救護班の人間に討ち取られるという、バックに宇宙でも背負いそうな訳

の分からない終わり方をしたが、概ね問題は起こらなかった。

そう、概ねは……

その『概ね』に入らなかった一人であるルイスは、大きく頬を腫らしているものの、どうにかイ

ケメンの面影を取り戻して砦の救護所で目を覚ます。

すぐに医師の診察を受け、魔法薬を処方された。

明日には全快するだろうが、今日は救護所に泊まっていくように言われた彼は、大人しくベッドに横になる。

思い出すのは演習場で責められた己の失態だ。

あの時は攻撃を受けるのに必死でそれどころではなかったが、思い出してみると、自分の愚かさを改めて認識する。

あの日――舞踏会での婚約破棄騒動の時の行動は、自分なりに決死の覚悟を持って行ったものだったが、冷静に考えれば愚かの一言でしかない。

あの隊長も言っていたように、会場の外でレーヌについていくと言えば良かったのだ。そうすれば、各方面にかける迷惑の度合いは今よりもずっとマシだったはずだ。……否、そもそもレーヌは国外追放を取り消されたのだから、何処にも迷惑を掛けずに済んだだろう。

まあ、結局はベルクハイツ領に来ることになっただろうが、とルイスは苦笑する――が、何事もなければフリオの罠が発動するので、ベルクハイツ領に来ない未来もあったのだが、それは知らずとも良い。

痛む頬が魔法薬によってじんわりと治癒されていくのを感じつつ、彼は今までと、これからのことを考える。

何だか心がスッキリとしたような気がしていた。

今まで自覚はなかったが、己の不幸を嘆いてそれに酔っていたのだ。愛する人を助けるために行動したのに、何故こんなにも責められなくてはならないのか、と。

それを自覚して、改めて恥ずかしいな、と思う。

明確に分かりやすく怒気をぶつけられて、ようやく自分がどれだけ他者に恨まれることをしたのか自覚するあたり、己の愚鈍さを思い知った。

こんな自分では、あの聡明なレーヌには相応しくないにもほどがあるし、もちろんベルクハイツ領の女領主になるアレッタとも吊り合わない。

多くの人々に迷惑をかけたが、きっと自分が彼女達の隣に立てなくなったこと自体は良かったのだと自嘲する。

そして、ここで自分を磨き直そうと、静かに決意を固めた。

幸い、ここの人間は王都の住人のように人を嘲り、罠に嵌めて足を引っ張る者は少ないようだ。

何せ、自分みたいな人間にも同情を示し、励ましの言葉をかけるのだから。

彼らの大切なお嬢様の名誉を傷つけたため、好意的な態度はとられてはいないが、理不尽な目に遭ったことは一度もない。

只々、鍛え直してやるという意思のみを感じた。

ならば、ここは己を厳しく鍛え、磨き直すには持ってこいの環境だ。

「まずは、基礎トレーニングからかな……」

そうやってポツリと呟いた言葉を聞いている者がいた。

286

隣のベッドに寝ている、ルイスの先輩騎士である。

彼は寝たふりをしながら、どうやら奴の中で風向きが変わったようだぞ、と感じつつ、思わず口角を上げた。

後に彼の言葉と、本人の訓練態度の変化によって、他の者達の中にもルイスを良い意味で気にかける者が出てくる。

こうして、ルイスは『劇画戦士ルイス』への道の第一歩を踏み出したのだった。

新 * 感 * 覚 ファンタジー！

Regina
レジーナブックス

ハッピーエンドの
その先へ！

魅了が解けた
世界では

くれた くれこ
暮田呉子

イラスト：春野薫久

かつて、幼い頃からの婚約者を追放、婚約破棄し真実の愛を手に入れたボルビアン国の王子・エリオット。婚約破棄から5年が経ち、幸せな日々を送る彼の前に隣国ネオシィスト王国からもたらされた一つの魔道具が現れた。魔道具——銀のブレスレットは毒や呪いを防ぐもの。そのブレスレットでエリオットは妻・ジュリエナから魅了の呪いを掛けられていたと気が付いて……？

詳しくは公式サイトにてご確認ください。

https://www.regina-books.com/

携帯サイトはこちらから！

新 * 感 * 覚 ファンタジー！

Regina
レジーナブックス

レジーナブックス
Regina

追い出されても大丈夫!!

追放された聖女が聖獣と共に荒野を開拓して建国！

如月ぐるぐる（きさらぎ）
イラスト：ののまろ

聖女として王都で祈りを捧げる日々を過ごすロザリー。ある日突然王太子に身に覚えのない罪を着せられ婚約破棄された挙句、国外追放されてしまう。荒野でひとり途方に暮れていると、獅子の聖獣コンティオールが現れる。ロザリーがコンティオールと二人で暮らすため、新たな国を作ろうと奮闘するうちに水の精霊や大地の大精霊が集まってきて——!?

詳しくは公式サイトにてご確認ください。

https://www.regina-books.com/

携帯サイトはこちらから！

新 * 感 * 覚 ファンタジー！

レジーナブックス
Regina

ざまあ地獄にご招待!?

「聖女など不要」と言われて
怒った聖女が一週間祈る
ことをやめた結果→1~2

八緒あいら
イラスト：茲助

祈りを捧げることで、国を守護している聖女ルイーゼ。けれどある日、王子であるニックに呼び出され、「聖女など不要」だと言い渡されてしまう。聖女の加護がなくなれば、国は災厄に見舞われる——そう訴えるものの、ニックは頑として認めない。そこでルイーゼは、聖女の力を証明するべく、一週間祈らないことを決意。すると、たちまち魔物が不穏な動きを見せ始めて……

詳しくは公式サイトにてご確認ください。

https://www.regina-books.com/

携帯サイトはこちらから！

新 ＊ 感 ＊ 覚 ファンタジー！

Regina
レジーナブックス

レジーナブックス
Regina

こんなに愛されるなんて、聞いてません！

鍛えすぎて
婚約破棄された結果、
氷の公爵閣下の妻になったけど
実は溺愛されているようです

佐崎咲（ささきさき）
イラスト：甘塩コメコ

「自分より強い女性と結婚などできない」と婚約者に捨てられたティファーナ。彼女には前世で酷い目に遭った記憶があり、誰にも負けないよう体を鍛えていた。その結果、嫁の貰い手がない……と落ち込んでいた矢先、『氷の公爵』と恐れられるクレウスに結婚を申し込まれる。どうやらお飾りの妻として望まれたようなのだが、にしては大切にされすぎているようで……？

詳しくは公式サイトにてご確認ください。

https://www.regina-books.com/

携帯サイトはこちらから！

新 ＊ 感 ＊ 覚 ファンタジー！

Regina
レジーナブックス

念願の夢、叶えます……!?

悪役令嬢になりたいのに ヒロイン扱いって どういうことですの!?

永江寧々
<small>ながえねね</small>

イラスト：紫藤むらさき

王子から婚約破棄を突き付けられ、それを笑顔で受け入れたリリー。そんな彼女の楽しみは、悪役令嬢小説を読むこと。強い悪役令嬢に憧れるリリーは、今回の婚約破棄を好機と捉えていた。しかし翌朝から、なぜか王子には追い回され、幼馴染たちにはおかしくなったと心配されて、まったく思ったとおりにならなくて――!? 破天荒な夢追い令嬢のドタバタコメディ開幕！

詳しくは公式サイトにてご確認ください。

https://www.regina-books.com/

携帯サイトはこちらから！

新 ＊ 感 ＊ 覚 ファ ン タ ジ ー !

Regina
レジーナブックス

**元侯爵令嬢が繰り広げる
冒険ファンタジー!**

婚約破棄から始まる
バラ色の異世界生活を
謳歌します。

TB
てぃーびー

イラスト：日向あずり

類まれな魔法能力を持つ、侯爵令嬢のアスカ。ある日突然王太
子から婚約破棄を告げられるも、元々転生者で自由に冒険した
いと思っていたアスカは意気揚々と一人、ゆるっと新天地へ向
かう。前世で培ったラノベ知識で新しい魔法を生み出し、領地
開拓を進める彼女の下にどんどん人が集まって──!?　チート魔
法で何でもできる、冒険ファンタジー開幕!!

詳しくは公式サイトにてご確認ください。

https://www.regina-books.com/

携帯サイトはこちらから！

Regina COMICS

[原作]
饕餮

[漫画]
夏野はるお

転移先は薬師が少ない世界でした ①

待望のコミカライズ！
大好評発売中！

アルファポリスWebサイトにて好評連載中！

勤め先が倒産し、職を失った優衣。そんなある日、神様のミスで異世界に転移し、帰れなくなってしまう。仕方がなくこの世界で生きることを決めた優衣は、神様におすすめされた職業"薬師"になることに。スキルを教えてもらい、いざ地上へ！　定住先を求めて旅を始めたけれど、神様お墨付きのスキルは想像以上で──!?

ISBN978-4-434-29287-3
B6判 定価：748円（10%税込）

アルファポリス 漫画 ｜検索｜

1

原作
Run Nibe
丹辺るん

漫画
Asuka Satsuki
皐アスカ

お前は呼んでないと追い出されたので気ままに生きる

アルファポリスWebサイトにて好評連載中！

待望のコミカライズ！

「毎日を楽しく生きる」がモットーの女子大生・美咲（みさき）は、ある日突然【勇者召喚】に巻き込まれ異世界にやってきてしまう。「私が勇者!?」と期待に胸をふくらませる美咲だったが、与えられた職業はなんと【村人】！ 勇者の素質がない者は必要ないと容赦なく城を追い出されてしまった。あまりの理不尽さに、美咲は「こうなったらこの世界で楽しく生きよう！」と決意。まずは職探しのためギルドへ向かうと、建物の前で怯えている女の子・ミュウと出会い──…？

異世界での新生活は楽しいこと無限大！

ちょっぴりチートでゆる～～い異世界冒険譚

アルファポリス

大好評発売中！

＊B6判 ＊定価：748円（10%税込）
＊ISBN978-4-434-29286-6

アルファポリス 漫画　検索

この作品に対する皆様のご意見・ご感想をお待ちしております。
おハガキ・お手紙は以下の宛先にお送りください。
【宛先】
　〒150-6008 東京都渋谷区恵比寿4-20-3 恵比寿ガーデンプレイスタワー8F
（株）アルファポリス　書籍感想係

メールフォームでのご意見・ご感想は右のQRコードから、
あるいは以下のワードで検索をかけてください。

アルファポリス　書籍の感想　　検索

ご感想はこちらから

本書は、「アルファポリス」（https://www.alphapolis.co.jp/）に掲載されていたものを、
改稿、加筆のうえ、書籍化したものです。

乙女ゲームは終了しました2

悠十（ゆうと）

2021年 9月 5日初版発行

編集－黒倉あゆ子
編集長－倉持真理
発行者－梶本雄介
発行所－株式会社アルファポリス
　〒150-6008 東京都渋谷区恵比寿4-20-3 恵比寿ガーデンプレイスタワー8F
　TEL 03-6277-1601（営業）　03-6277-1602（編集）
　URL https://www.alphapolis.co.jp/
発売元－株式会社星雲社（共同出版社・流通責任出版社）
　〒112-0005 東京都文京区水道1-3-30
　TEL 03-3868-3275
装丁・本文イラスト－とき間
装丁デザイン－AFTERGLOW
（レーベルフォーマットデザイン－ansyyqdesign）
印刷－中央精版印刷株式会社

価格はカバーに表示されてあります。
落丁乱丁の場合はアルファポリスまでご連絡ください。
送料は小社負担でお取り替えします。
©Yuto 2021.Printed in Japan
ISBN978-4-434-29292-7 C0093